KB093852

동주
와
소월

동주
와
소월

초판 인쇄 2017년 3월 20일
초판 발행 2017년 3월 25일

지은이 윤동주 · 김소월
엮은이 유필
펴낸이 안희숙
펴낸곳 밀리언셀러

주소   서울시 마포구 합정동 427-6 2층
전화   (010)9229-1342 팩스 | (070)-8959-1342
이메일 kjh1341@naver.com
등록일 2009. 7. 30 제2009-12호.

· ISBN 979-11-85046-17-4 03810

동주
와
소월

밀리언셀러
million seller

시에는 신비한 힘이 있다.
한 편의 시를 읽는 것만으로도 가슴을 뒤흔드는 안타까움과
슬픔이 북받쳐 오르거나 온몸에 전율이 흐른다.
시란 정서, 감정, 풍경, 기억을 담은 보석상자일지도 모른다.

어디선가 읽었던 시어詩語.
학창시절 교과서에서 수없이 만나던 시어詩語.
옆구리에 시집을 끼고 교정벤치에 앉아 낮은 목소리로 낭독하며
누군가에게 들려주던 시어詩語…….

이 책은 위대한 두 시인, 윤동주와 김소월의 전 작품을 수록한 시집이다.

잊고 있던 기억의 바닥에서 그 시절 감동 한 자락이 떠오르는 독자께서는 이 책을 통해 적어도 하나 정도는 자신만의 특별한 시를 발견하게 될 것이다. 분명 자신의 마음을 울리는 시를 만나게 될 것이다.

2017년 2월 광화문에서

차례

서문 •

part 1

ㅎㅏ늘과 바람과 별과 ㅅㅣ

part 2

쉽게 씌어진 시

part 3

무 얼 먹구 사나

part 4

화. 원에 꽃이 핀다

part 5

님 에게

part 6

반달

part 7

진달래꽃

part 8

엄마야 누나야

시의 해석을 돕기위해 작품 속 난해한 단어에는 주석을 첨부했습니다.

尹東柱

윤동주 시선

PART

하늘과 바람과 별과 시

서시

죽는 날까지 하늘을 우러러
한 점 부끄럼이 없기를,
잎새에 이는 바람에도
나는 괴로워했다.
별을 노래하는 마음으로
모든 죽어가는 것을 사랑해야지
그리고 나한테 주어진 길을
걸어가야겠다.

오늘밤에도 별이 바람에 스치운다.

자화상

산모퉁이를 돌아 논가 외딴 우물을 홀로
찾아가선 가만히 들여다봅니다.

우물 속에는 달이 밝고 구름이 흐르고
하늘이 펼치고 파아란 바람이 불고 가을이 있습니다.

그리고 한 사나이가 있습니다.
어쩐지 그 사나이가 미워져 돌아갑니다.

돌아가다 생각하니 그 사나이가 가엾어집니다.
도로 가 들여다보니 사나이는 그대로 있습니다.

다시 그 사나이가 미워져 돌아갑니다.
돌아가다 생각하니 그 사나이가 그리워집니다.

우물 속에는 달이 밝고 구름이 흐르고 하늘이 펼치고 파아란
바람이 불고 가을이 있고 추억처럼 사나이가 있습니다.

소년

여기저기서 단풍잎 같은 슬픈 가을이 뚝뚝 떨어진다.
단풍잎 떨어져 나온 자리마다 봄을 마련해 놓고
나뭇가지 위에 하늘이 펼쳐 있다.
가만히 하늘을 들여다보려면 눈썹에 파란 물감이 든다.
두 손으로 따뜻한 볼을 쓸어보면 손바닥에도
파란 물감이 묻어난다.
다시 손바닥을 들여다본다.
손금에는 맑은 강물이 흐르고, 맑은 강물이 흐르고,
강물 속에는 사랑처럼 슬픈 얼굴 _ 아름다운 순이의 얼굴
이 어린다.
소년은 황홀히 눈을 감아 본다.
그래도 맑은 강물은 흘러 사랑처럼 슬픈 얼굴 _ 아름다운
순이의 얼굴은 어린다.

눈오는 지도

순이가 떠난다는 아침에 말 못할 마음으로 함박눈이 나려, 슬픈 것처럼 창밖에 아득히 깔린 지도 위에 덮힌다.
방안을 돌아다보아야 아무도 없다.
벽과 천정이 하얗다.
방안에까지 눈이 나리는 것일까,
정말 너는 잃어버린 역사처럼 홀홀이 가는 것이냐,
떠나기 전에 일러둘 말이 있던 것을 편지를 써서도 네가 가는 곳을 몰라 어느 거리, 어느 마을, 어느 지붕 밑, 너는 내 마음 속에만 남아 있는 것이냐,
네 쪼고만 발자욱을 눈이 자꾸 나려덮여 따라갈 수도 없다.
눈이 녹으면 남은 발자욱 자리마다 꽃이 피리니 꽃 사이로 발자욱을 찾아 나서면 일년 열두 달 하냥 내 마음에는 눈이 나리리라.

돌아와 보는 밤

세상으로부터 돌아오듯이 이제 내 좁은 방에 돌아와 불을 끄옵니다. 불을 켜두는 것은 너무나 피로롭은 일이옵니다. 그것은 낮의 연장이옵기에 _

이제 창을 열어 공기를 바꾸어 들여야 할 텐데 밖을 가만히 내다보아야 방안과 같이 어두워 꼭 세상 같은데 비를 맞고 오던 길이 그대로 비속에 젖어 있사옵니다.

하루의 울분을 씻을 바 없어 가만히 눈을 감으면 마음 속으로 흐르는 소리, 이제 사상이 능금처럼 저절로 익어 가옵니다.

병원

살구나무 그늘로 얼굴을 가리고, 병원 뒤뜰에 누워, 젊은
여자가 흰옷 아래로 하얀 다리를 드러내 놓고 일광욕을
한다. 한나절이 기울도록 가슴을 앓는다는 이 여자를 찾
아오는 이, 나비 한 마리도 없다. 슬프지도 않은 살구나무
가지에는 바람조차 없다.

나도 모를 아픔을 오래 참다 처음으로 이곳에 찾아왔다.
그러나 나의 늙은 의사는 젊은이의 병을 모른다. 나한테
는 병이 없다고 한다. 이 지나친 시련, 이 지나친 피로, 나
는 성내서는 안 된다.

여자는 자리에서 일어나 옷깃을 여미고 화단에서 금잔화
한 포기를 따 가슴에 꽂고 병실 안으로 사라진다. 나는 그
여자의 건강이_아니 내 건강도 속히 회복되기를 바라며
그가 누웠던 자리에 누워본다.

새로운 길

내를 건너서 숲으로
고개를 넘어서 마을로

어제도 가고 오늘도 갈
나의 길 새로운 길

민들레가 피고 까치가 날고
아가씨가 지나고 바람이 일고

나의 길은 언제나 새로운 길
오늘도… 내일도…

내를 건너서 숲으로
고개를 넘어서 마을로

간판 없는 거리

정거장 플랫폼에
내렸을 때 아무도 없어.

다들 손님들뿐.
손님 같은 사람들뿐.

집집마다 간판이 없어
집 찾을 근심이 없어

빨갛게
파랗게
불붙는 문자도 없이

모퉁이마다
자애로운 헌 와사등에
불을 켜놓고.

손목을 잡으면
다들, 어진 사람들
다들, 어진 사람들
봄, 여름, 가을, 겨울,
순서로 돌아들고.

태초의 아침

봄날 아침도 아니고
여름, 가을, 겨울,
그런 날 아침도 아닌 아침에

빠알간 꽃이 피어났네,
햇빛이 푸른데,

그 전날 밤에
그 전날 밤에
모든 것이 마련되었네,

사랑은 뱀과 함께
독은 어린꽃과 함께.

또 태초의 아침

하얗게 눈이 덮이었고
전신주가 잉잉 울어
하나님 말씀이 들려온다.

무슨 계시일까.

빨리
봄이 오면
죄를 짓고
눈이
밝아

이브가 해산하는 수고를 다하면

무화과 잎사귀로 부끄런 데를 가리고

나는 이마에 땀을 흘려야겠다.

새벽이 올 때까지

다들 죽어가는 사람들에게
검은 옷을 입히시오.

다들 살아가는 사람들에게
흰 옷을 입히시오.

그리고 한 침대에
가지런히 잠을 재우시오.

다들 울거들랑
젖을 먹이시오.

이제 새벽이 오면
나팔소리 들려올 거외다.

무서운 시간

거 나를 부르는 것이 누구요,

가랑잎 이파리 푸르러 나오는 그늘인데,
나 아직 여기 호흡이 남아 있소.

한 번도 손들어 보지 못한 나를
손들어 표할 하늘도 없는 나를

어디에 내 한 몸 둘 하늘이 있어
나를 부르는 것이오.

일이 마치고 내 죽는 날 아침에는
서럽지도 않은 가랑잎이 떨어질 텐데…

나를 부르지 마오.

십자가

쫓아오던 햇빛인데
지금 교회당 꼭대기
십자가에 걸리었습니다.

첨탑이 저렇게도 높은데
어떻게 올라갈 수 있을까요.

종소리도 들려오지 않는데
휘파람이나 불며 서성거리다가

괴로웠던 사나이,
행복한 예수 그리스도에게
처럼
십자가가 허락된다면

모가지를 드리우고
꽃처럼 피어나는 피를
어두워 가는 하늘밑에
조용히 흘리겠습니다.

바람이 불어

바람이 어디로부터 불어와
어디로 불려가는 것일까,

바람이 부는데
내 괴로움에는 이유가 없다.

내 괴로움에는 이유가 없을까,

단 한 여자를 사랑한 일도 없다.
시대를 슬퍼한 일도 없다.

바람이 자꾸 부는데
내 발이 반석 위에 섰다.

강물이 자꾸 흐르는데
내 발이 언덕 위에 섰다.

슬픈 족속

흰 수건이 검은 머리를 두르고
흰 고무신이 거친 발에 걸리우다.

흰 저고리 치마가 슬픈 몸집을 가리고
흰 띠가 가는 허리를 질끈 동이다.

눈감고 간다

태양을 사모하는 아이들아
별을 사랑하는 아이들아

밤이 어두웠는데
눈감고 가거라.

가진 바 씨앗을
뿌리면서 가거라.

발뿌리에 돌이 채이거든
감았던 눈을 와짝 떠라.

또 다른 고향

고향에 돌아온 날 밤에
내 백골이 따라와 한 방에 누웠다.

어둔 방은 우주로 통하고
하늘에선가 소리처럼 바람이 불어온다.

어둠 속에 곱게 풍화작용 하는
백골을 들여다보며
눈물짓는 것이 내가 우는 것이냐
백골이 우는 것이냐
아름다운 혼이 우는 것이냐

지조 높은 개는
밤을 새워 어둠을 짖는다.

어둠을 짖는 개는
나를 쫓는 것일 게다.

가자 가자

쫓기우는 사람처럼 가자.

백골 몰래

아름다운 또 다른 고향에 가자.

길

잃어 버렸습니다.
무얼 어디다 잃었는지 몰라
두 손이 주머니를 더듬어
길에 나아갑니다.

돌과 돌과 돌이 끝없이 연달아
길은 돌담을 끼고 갑니다.

담은 쇠문을 굳게 닫아
길 위에 긴 그림자를 드리우고

길은 아침에서 저녁으로
저녁에서 아침으로 통했습니다.

돌담을 더듬어 눈물짓다
쳐다보면 하늘은 부끄럽게 푸릅니다.

풀 한 포기 없는 이 길을 걷는 것은
담 저쪽에 내가 남아 있는 까닭이고
내가 사는 것은, 다만,
잃은 것을 찾는 까닭입니다.

별 헤는 밤

계절이 지나가는 하늘에는
가을로 가득 차 있습니다.

나는 아무 걱정도 없이
가을 속의 별들을 다 헤일 듯합니다.

가슴 속에 하나 둘 새겨지는 별을
이제 다 못 헤는 것은
쉬이 아침이 오는 까닭이오,
내일 밤이 남은 까닭이오,
아직 나의 청춘이 다하지 않은 까닭입니다.

별 하나에 추억과
별 하나에 사랑과
별 하나에 쓸쓸함과
별 하나에 동경과
별 하나에 시와
별 하나에 어머니, 어머니,

어머님, 나는 별 하나에 아름다운 말 한마디씩 불러봅니
다. 소학교때 책상을 같이 했던 아이들의 이름과, 패, 경,

옥 이런 이국소녀들의 이름과 벌써 애기 어머니 된 계집
애들의 이름과, 가난한 이웃사람들의 이름과, 비둘기, 강
아지, 토끼, 노새, 노루, 『프란시스 잠』 『라이너 마리아 릴
케』 이런 시인의 이름을 불러봅니다.

이네들은 너무나 멀리 있습니다.
별이 아슬히 멀 듯이,

어머님,
그리고 당신은 멀리 북간도에 계십니다.

나는 무엇인지 그리워
이 많은 별빛이 나린 언덕 위에
내 이름자를 써보고,
흙으로 덮어 버리었습니다.

딴은 밤을 새워 우는 벌레는
부끄러운 이름을 슬퍼하는 까닭입니다.

그러나 겨울이 지나고 나의 별에도 봄이 오면
무덤 위에 파란 잔디가 피어나듯이

내 이름자 묻힌 언덕 위에도
자랑처럼 풀이 무성할 게외다.

흰 그림자

황혼이 짙어지는 길모금에서
하루 종일 시들은 귀를 가만히 기울이면
땅거미 옮겨지는 발자취소리

발자취소리를 들을 수 있도록
나는 총명했던가요.

이제 어리석게도 모든 것을 깨달은 다음
오래 마음 깊은 속에
괴로워하던 수많은 나를
하나, 둘 제 고장으로 돌려보내면
거리모퉁이 어둠 속으로
소리 없이 사라지는 흰 그림자

흰 그림자들
연연히 사랑하던 흰 그림자들

내 모든 것을 돌려보낸 뒤
허전히 뒷골목을 돌아
황혼처럼 물드는 내 방으로 돌아오면

신념이 깊은 의젓한 양처럼
하루 종일 시름없이 풀포기나 뜯자.

사랑스런 추억

봄이 오던 아침, 서울 어느 쪼그만 정거장에서
희망과 사랑처럼 기차를 기다려

나는 플랫폼에 간신한 그림자를 떨어뜨리고
담배를 피웠다.

내 그림자는 담배연기 그림자를 날리고
비둘기 한 떼가 부끄러울 것도 없이
나래 속을 속, 속, 햇빛에 비춰 날았다.

기차는 아무 새로운 소식도 없이
나를 멀리 실어다 주어

봄은 다 가고 _ 동경 교외 어느 조용한 하숙방에서,
옛 거리에 남은 나를 희망과 사랑처럼 그리워한다.
오늘도 기차는 몇 번이나 무의미하게 지나가고

오늘도 나는 누구를 기다려 정거장 가차운
언덕에서 서성거릴 게다.

_아아 젊음은 오래 거기 남아 있거라.

흐르는 거리

으스럼히 안개가 흐른다. 거리가 흘러간다.
저 전차, 자동차, 모든 바퀴가 어디로 흘리워가는 것일까?
정박할 아무 항구도 없이, 가련한 많은 사람들을 싣고서,
안개 속에 잠긴 거리는,

거리모퉁이 붉은 포스트상자를 붙잡고 섰을라면
모든 것이 흐르는 속에 어렴풋이 빛나는 가로등,
꺼지지 않는 것은 무슨 상징일까?
사랑하는 동무 박이여! 그리고 김이여!
자네들은 지금 어디 있는가?
끝없이 안개가 흐르는데,

『새로운 날 아침 우리 다시 정답게 손목을 잡아 보세』
몇 자 적어 포스트 속에 떨어트리고,
밤을 새워 기다리면 금휘장에 금단추를 삐었고 거인처럼
찬란히 나타나는 배달부,
아침과 함께 즐거운 내림來臨,

이 밤을 하염없이 안개가 흐른다.

봄 1

봄이 혈관 속에 시내처럼 흘러
돌, 돌, 시내 가차운 언덕에
개나리, 진달래, 노오란 배추꽃

삼동三冬을 참아온 나는
풀포기처럼 피어난다.

즐거운 종달새야
어느 이랑에서나 즐거웁게 솟쳐라.

푸르른 하늘은
아른아른 높기도 한데…

참회록

파란 녹이 낀 구리 거울 속에
내 얼굴이 남아있는 것은
어느 왕조의 유물이기에
이다지도 욕될까.

나는 나의 참회의 글을 한 줄에 줄이자.
_만 이십사 년 일 개월을
무슨 기쁨을 바라 살아왔던가.

내일이나 모레나 그 어느 즐거운 날에
나는 또 한 줄의 참회록을 써야한다.
_그때 그 젊은 나이에
왜 그런 부끄런 고백을 했던가.

밤이면 밤마다 나의 거울을
손바닥으로 발바닥으로 닦아보자.

그러면 어느 운석 밑으로 홀로 걸어가는
슬픈 사람의 뒷모양이
거울 속에 나타나온다.

간

바닷가 햇빛 바른 바위 위에
습한 간을 펴서 말리우자.

코카사쓰 산중에서 도망해온 토끼처럼
둘러리를 빙빙 돌며 간을 지키자.

내가 오래 기르던 여윈 독수리야!
와서 뜯어먹어라, 시름없이

너는 살찌고
나는 여위어야지, 그러나,

거북이야!
다시는 용궁의 유혹에 안 떨어진다.

프로메테우스 불쌍한 프로메테우스
불 도적한 죄로 목에 맷돌을 달고
끝없이 침전하는 프로메테우스.

못 자는 밤

하나, 둘, 셋, 네
....
밤은
많기도 하다.

위로

거미란 놈이 흉한 심보로 병원 뒤뜰 난간과 꽃밭 사이
사람 발이 잘 닿지 않는 곳에 그물을 쳐놓았다.
옥외요양 받는 젊은 사나이가 누워서 쳐다보기 바르게_

나비가 한 마리 꽃밭에 날아들다 그물에 걸리었다.
노오란 날개를 파득거려도 파득거려도
나비는 자꾸 감기우기만 한다.
거미가 쏜살같이 가더니 끝없는 끝없는 실을 뽑아 나비의
온몸을 감아버린다. 사나이는 긴 한숨을 쉬었다.

나이보담 무수한 고생 끝에 때를 잃고 병을 얻은 이 사나
이를 위로할 말이_거미줄을 헝클어 버리는 것밖에 위로
의 말이 없었다.

팔복

슬퍼하는 자는 복이 있나니
슬퍼하는 자는 복이 있나니
슬퍼하는 자는 복이 있나니
슬퍼하는 자는 복이 있나니
슬퍼하는 자는 복이 있나니
슬퍼하는 자는 복이 있나니
슬퍼하는 자는 복이 있나니
슬퍼하는 자는 복이 있나니

저희가 영원히 슬플 것이오.

산골물

괴로운 사람아 괴로운 사람아
옷자락 물결 속에서도
가슴속 깊이 돌돌 샘물이 흘러
이 밤을 더불어 말할 이 없도다.
거리의 소음과 노래 부를 수 없도다.
그신 듯이 냇가에 앉았으니
사랑과 일을 거리에 맡기고
가만히 가만히
바다로 가자.
바다로 가자.

장미 병들어

장미 병들어
옮겨놓을 이웃이 없도다.

달랑달랑 외로이
황마차 태워 산에 보낼거나

뚜_ _구슬피
화륜선 태워 대양에 보낼거나

프로펠러 소리 요란히
비행기 태워 성층권에 보낼거나

이것저것
다 그만두고

자라가는 아들이 꿈을 깨기 전
이내 가슴에 묻어다오.

달같이

연륜이 자라듯이
달이 자라는 고요한 밤에
달같이 외로운 사랑이
가슴 하나 뻐근히
연륜처럼 피어나간다.

고추밭

시들은 잎새 속에서
고 빠알간 살을 드러내놓고,
고추는 방년[1] 된 아가씬 양
땍볕[2]에 자꾸 익어간다.

할머니는 바구니를 들고
밭머리에서 어정거리고
손가락 너어는 아이는
할머니 뒤만 따른다.

---

1. 한창 꽃다운 나이.
2. '뙤약볕'의 방언.

코스모스

청초한 코스모스는
오직 하나인 나의 아가씨.

달빛이 싸늘히 추운 밤이면
옛 소녀가 못 견디게 그리워
코스모스 핀 정원으로 찾아간다.

코스모스는
귀또리 울음에도 수줍어지고,

코스모스 앞에선 나는
어렸을 적처럼 부끄러워지나니,

내 마음은 코스모스의 마음이오,
코스모스의 마음은 내 마음이다.

아우의 인상화

붉은 이마에 싸늘한 달이 서리어
아우의 얼굴은 슬픈 그림이다.

발걸음을 멈추어
살그머니 애띤 손을 잡으며
『너는 자라 무엇이 되려니?』
『사람이 되지』
아우의 설은 진정코 설은[1] 대답이다.

슬며_시 잡았던 손을 놓고
아우의 얼굴을 다시 들여다본다.

싸늘한 달이 붉은 이마에 젖어
아우의 얼굴은 슬픈 그림이다.

---

1. 설익은, 서투른.

이적異蹟

발에 터분한[1] 것을 다 빼어 버리고
황혼이 호수 위로 걸어오듯이
나도 사뿐사뿐 걸어보리이까?

내사 이 호숫가로
부르는 이 없이
불리어 온 것은
참말 이적이외다.

오늘따라
연정, 자홀[2], 시기 이것들이
자꾸 금메달처럼 만져지는구려.

하나, 내 모든 것을 여념없이,
물결에 씻어 보내려니
당신은 호면으로 나를 불러내소서.

---

1. 산뜻하지 못하고 답답한.
2. 스스로 황홀해 함.

사랑의 전당

순아 너는 내 전殿에 언제 들어왔던 것이냐?
내사 언제 네 전에 들어갔던 것이냐?

우리들의 전당은
고풍古風한 풍습이 어린 사랑의 전당

순아 암사슴처럼 수정눈을 나려 감아라.
난 사자처럼 엉크린 머리를 고루련다.

우리들의 사랑은 한낱 벙어리였다.

청춘! 성스런 촛대에 열한 불이 꺼지기 전
순아 너는 앞문으로 내 달려라.

어둠과 바람이 우리 창에 부닥치기 전
나는 영원한 사랑을 안은 채
뒷문으로 멀리 사라지련다.

이제.
네게는 삼림 속의 아늑한 호수가 있고,
내게는 준험한 산맥이 있다.

비 오는 밤

쏴아_철석! 파도소리 문살에 부서져
잠 살포시 꿈이 흩어진다.

잠은 한낱 검은 고래 떼처럼 설레어
달랠 아무런 재주도 없다.

불을 밝혀 잠옷을 정성스리 여미는
삼경[1]三更.
염원.

동경의 땅 강남에 또 홍수질 것만 싶어
바다의 향수보다 더 호젓해진다.

---

1. 밤 열한 시부터 새벽 한 시까지.

어머니

어머니!
젖을 빨려 이 마음을 달래어 주시오.
이 밤이 자꾸 서러워지나이다.

이 아이는 턱에 수염자리 잡히도록
무엇을 먹고 자랐나이까?
오늘도 흰 주먹이
입에 그대로 물려 있나이다.

어머니
부서진 납인형도 싫어진 지
벌써 오랩니다.

철비가 후줄근히 나리는 이 밤을
주먹이나 빨면서 새우리까?
어머니! 그 어진 손으로
이 울음을 달래어 주시오.

가로수

가로수, 단촐한 그늘 밑에
구두술 같은 헛바닥으로
무심히 구두술을 핥는 시름.

때는 오정午正. 싸이렌,
어디로 갈 것이냐?

□¹시 그늘은 맴돌고.
따라 사나이도 맴돌고.

유언

휘언한 방에 유언은 소리 없는 입놀림.

_바다에 진주 캐러 갔다는 아들
해녀와 사랑을 속삭인다는 맏아들,
이밤에사 돌아오나 내다봐라_

평생 외로운 아버지의 운명,
감기우는 눈에 슬픔이 어린다.

외딴집에 개가 짖고,
휘양찬 달이 문살에 흐르는 밤.

창

쉬는 시간마다
나는 창녘으로 갑니다.

_창은 산 가르킴.

이글이글 불을 피워주소,
이방에 찬 것이 서럽니다.

단풍잎 하나
맴도나 보니
아마도 자그만한 선풍이 인 게외다.

그래도 싸느란 유리창에
햇살이 쨍쨍한 무렵
상학종[1] 上學鐘이 울어만 싶습니다.

---

1. 공부의 시작을 알리는 종.

산협의 오후

내 노래는 오히려
섧은 산울림.

골짜기 길에
떨어진 그림자는
너무나 슬프구나.

오후의 명상은
아_졸려.

비로봉

만상萬象을
굽어보기란_

무릎이
오들오들 떨린다.

백화[1]白樺
어려서 늙었다.

새가 나비가 된다

정말 구름이
비가 된다.

옷자락이
칩다.[2]

---

1. 자작나무.
2. 춥다.

바다

실어다 뿌리는
바람조차 씨원타.

솔나무 가지마다 새춤히
고개를 돌리어 뻐들어지고

밀치고
밀치운다.

이랑을 넘는 물결은
폭포처럼 피어오른다.

해변에 아이들이 모인다.
찰찰 손을 씻고 구보로

바다는 자꾸 섧어진다.
갈매기의 노래에…

돌아다보고 돌아다보고
돌아가는 오늘의 바다여!

명상

가칠가칠한 머리칼은 오막살이 처마 끝,
휘파람에 콧마루가 서운한 양 간지럽소.

들창 같은 눈은 가볍게 닫혀,
이 밤에 연정은 어둠처럼 골골이 스며드오.

비애

호젓한 세기의 달을 따라
알 듯 모를 듯한 데로 거닐과저!

아닌 밤중에 튀기듯이
잠자리를 뛰쳐
끝없는 광야를 홀로 거니는
사람의 심사는 외로우려니

아_이 젊은이는
피라미드처럼 슬프구나.

소낙비

번개, 뇌성, 와자지근 뚜드려
머언 도회지에 낙뢰가 있어만 싶다.

벼룻장 엎어논 하늘로
살 같은 비가 살처럼 쏟아진다.

손바닥만 한 나의 정원이
마음같이 흐린 호수되기 일쑤다.

바람이 팽이처럼 돈다.
나무가 머리를 이루 잡지 못한다.

내 경건한 마음을 모서 들여
노아 때 하늘을 한 모금 마시다.

그 여자

함께 핀 꽃에 처음 익은 능금은
먼저 떨어졌습니다.

오늘도 가을바람은 그냥 붑니다.

길가에 떨어진 붉은 능금은
지나던 손님이 집어갔습니다.

야행

정각! 마음이 아픈 데 있어 고약을 붙이고
시들은 다리를 끄을고 떠나는 행장
_기적이 들리잖게 운다.
사랑스런 여인이 타박타박 땅을 굴려 쫓기에
하도 무서워 상가교上架橋를 기어 넘다.
_이제로부터 등산철도
이윽고 사색의 포플러 터널로 들어간다.
시라는 것을 반추하다. 마땅히 반추하여야 한다.
—저녁 연기가 노을로 된 이후
휘파람 부는 햇귀뚜라미의
노래는 마디마디 끊어져
그믐달처럼 호젓하게 슬프다.
니는 노래 배울 어머니도 아버지도 없나보다.

_니는 다리 가는 쬐그만 보헤미안,
내사 보리밭 동리에 어머니도 누나도 있다.
그네는 노래 부를 줄 몰라
오늘밤도 그윽한 한숨으로 보내리니_

2
PART

쉽게 씌어진 시

꿈은 깨어지고

꿈은 눈을 떴다,
그윽한 유무[1]幽霧에서.

노래하던 종달이,
도망쳐 날아나고.

지난날 봄 타령하던
금잔디 밭은 아니다.

탑은 무너졌다,
붉은 마음의 탑이_

손톱으로 새긴 대리석 탑이_
하루 저녁 폭풍에 여지없이도,

오_황폐한 쑥밭.
눈물과 목메임이여!

꿈은 깨어졌다,
탑은 무너졌다.

1. 어두운 안개.

한난계寒暖計

싸늘한 대리석 기둥에 모가지를 비틀어 맨 한난계[1],
문득 들여다 볼 수 있는 운명한 오척육촌의
허리 가는 수은주, 마음은 유리관보다 맑소이다.
혈관이 단조로워 신경질인 여론동물,
가끔 분수 같은 냉침을 억지로 삼키기에,
정력을 낭비합니다.
영하로 손가락질 할 수돌네 방처럼 추운 겨울보다
해바라기가 만발할 팔월 교정이 이상 곱소이다.
피 끓을 그날이_
어제는 막 소낙비가 퍼붓더니 오늘은
좋은 날씨올시다.
동저고리 바람에 언덕으로, 숲으로 하시구려_
이렇게 가만가만 혼자서 귓속 이야기를 하였습니다.
나는 또 내가 모르는 사이에—
나는 아마도 진실한 세기의 계절을 따라
하늘만 보이는 울타리 안을 뛰쳐,
역사 같은 포지선을 지켜야 봅니다.

---

1. '온도계' 북한말.

남쪽하늘

제비는 두 나래를 가지었다.
시산한 가을날_

어머니의 젖가슴이 그리운
서리 나리는 저녁_

어린 영靈은 쪽나래의 향수를 타고
남쪽 하늘에 떠돌 뿐_

이별

눈이 오다 물이 되는 날,
재ㅅ빛 하늘에 또 뿌연 내 그리고,
커다란 기관차는 빼애액_ 울며,
쪼ㄲ만 가슴은, 울렁거린다.

이별이 너무 재빠르다, 안타깝게도,
사랑하는 사람을,
일터에서 만나자 하고_,
더운 손의 맛과, 구슬눈물이 마르기 전
기차는 꼬리를 산굽으로 돌렸다.

풍경

봄바람을 등진 초록빛 바다
쏟아질 듯 쏟아질 듯 위태롭다.

잔주름 치마폭의 두둥실거리는 물결은
오스라질 듯 한껏 경쾌롭다.

마스트 끝에 붉은 깃발이
여인의 머리칼처럼 나부낀다.

이 생생한 풍경을 앞세우며 뒤세우며
온 하루 거닐고 싶다.

_우중충한 오월 하늘 아래로
_바다빛 포기포기에 수놓은 언덕으로

모란봉에서

앙당한[1] 솔나무 가지에
훈훈한 바람의 날개가 스치고
얼음 섞인 대동강 물에
한나절 햇발이 미끄러지다.

허물어진 성터에서
철모르는 여아들이
저도 모를 이국말로
재질대며 뜀을 뛰고.

난데없는 자동차가 밉다.

---

1. 어울리지 않을 정도로 작은.

달밤

흐르는 달의 흰 물결을 밀쳐
여윈 나무그림자를 밟으며,
북망산을 향한 발걸음은 무거웁고
고독을 반려한 마음은 슬프기도 하다.

누가 있어야만 싶던 묘지엔 아무도 없고,
정적만이 군데군데 흰 물결에 폭 젖었다.

가을밤

굿은 비 나리는 가을밤
벌거숭이 그대로
잠자리에서 뛰쳐나와
마루에 쭈그리고 서서
아이인 양 하고
쏴아_ 오줌을 쏘오.

쉽게 씌어진 시

창밖에 밤비가 속살거려[1]
육첩방[2]은 남의 나라.

시인이란 슬픈 천명天命인 줄 알면서도
한 줄 시를 적어볼까.

땀내와 사랑 내 포근히 품긴
보내주신 학비 봉투를 받아

대학 노_트를 끼고
늙은 교수의 강의 들으러 간다.

생각해보면 어린 때 동무를
하나, 둘, 죄다 잃어버리고

나는 무얼 바라
나는 다만, 홀로 침전하는 것일까?

---

1. 알아듣지 못하도록 작은 목소리로 소곤거려.
2. 다다미 여섯 장 크기의 일본식 작은 방.

인생은 살기 어렵다는데
시가 이렇게 쉽게 씌어지는 것은
부끄러운 일이다.

육첩방은 남의 나라
창밖에 밤비가 속살거리는데,

등불을 밝혀 어둠을 조금 내몰고,
시대처럼 올 아침을 기다리는 최후의 나.

나는 나에게 적은 손을 내밀어
눈물과 위안으로 잡는 최초의 악수.

황혼이 바다가 되어

하루도 검푸른 물결에
흐느적 잠기고… 잠기고…

저_웬 검은 고기떼가
물든 바다를 날아 횡단할꼬.

낙엽이 된 해초
해초마다 슬프기도 하오.

서창에 걸린 해말간 풍경화
옷고름 너어는[1] 고아의 설음

이제 첫 항해하는 마음을 먹고
방바닥에 나딩구오… 딩구오…

황혼이 바다가 되어
오늘도 수많은 배가
나와 함께 이 물결에 잠겼을 게오.

---

1. (빨래를)너는.

닭 1

한 간 계사 그 너머 창공이 깃들어
자유의 향토를 잊은 닭들이
시들은 생활을 주잘대고,
생산의 고로를 부르짖었다.

음산한 계사에서 쏠려 나온
외래종 레그혼,
학원에서 새무리가 밀려나오는
삼월의 맑은 오후도 있다.

닭들은 녹아드는 두엄을 파기에
아담한 두 다리가 분주하고
굶주렸던 주두리[1]가 바지런하다.
두 눈이 붉게 여물도록_

---

1. '주둥이'의 함경도 방언.

가슴 1

소리 없는 북,
답답하면 주먹으로
뚜드려 보오.

그래 봐도
후_
가는 한숨보다 못하오.

가슴 2

늦은 가을 쓰르래미[1]
숲에 싸여 공포에 떨고,

웃음 웃는 흰 달 생각이
도망가오.

---

1. 쓰르라미, 매미의 한 종류.

가슴 3

불 꺼진 화독을
안고 도는 겨울밤은 깊었다.

재만 남은 가슴이
문풍지 소리에 떤다.

아침

휙, 휙, 휙,
소꼬리가 부드러운 채찍질로 어둠을 쫓아,
캄, 캄, 어둠이 깊다 깊다 밝으오.

이제 이 동리의 아침이
풀살 오른 소엉덩이처럼 푸르오.
이 동리 콩죽 먹은 사람들이
땀물을 뿌려 이 여름을 길렀소.

잎, 잎, 풀잎마다 땀방울이 맺혔소.

꾸김살 없는 이 아침을
심호흡하오, 또 하오.

밤

외양간 당나귀
아앙 앙 외마디 울음 울고,

당나귀 소리에
으아 아 애기 소스라쳐 깨고,

등잔에 불을 다오.

아버지는 당나귀에게
짚을 한 키 담아주고,

어머니는 애기에게
젖을 한 모금 먹이고,

밤은 다시 고요히 잠드오.

내일은 없다

어린 마음에 물은

내일내일 하기에
물었더니
밤을 자고 동틀 때
내일이라고.

새날을 찾던 나는
잠을 자고 돌보니
그때는 내일이 아니라
오늘이더라.

무리여!
내일은 없나니
....

양지쪽

저쪽으로 황토 실은 이 땅 봄바람이
호인[1]胡人의 물레바퀴처럼 돌아 지나고
아롱진 사월 태양의 손길이
벽을 등진 설운 가슴마다 올올이 만진다.

지도째기 놀음에 뉘 땅인 줄 모르는 애 둘이
한뼘 손가락이 짧음을 한함이여.

아서라! 가뜩이나 엷은 평화가
깨어질까 근심스럽다.

---

1. 만주인.

빨래

빨래줄에 두 다리를 드리우고
흰 빨래들이 귓속 이야기하는 오후,

쨍쨍한 칠월 햇발은 고요히도
아담한 빨래에만 달린다.

황혼

햇살은 미닫이 틈으로
길쭉한 일一자를 쓰고…지우고…

까마귀 떼 지붕 위로
둘, 둘, 셋, 넷, 자꾸 날아 지난다.
쑥쑥, 꿈틀꿈틀 북쪽 하늘로,

내사…
북쪽 하늘에 나래를 펴고 싶다.

비둘기

안아보고 싶게 귀여운
산비둘기 일곱 마리
하늘 끝까지 보일 듯이 맑은 주일날 아침에
벼를 거두어 뺀뺀한[1] 논에서
앞을 다투어 모이를 주으며
어려운 이야기를 주고 받으오.

날씬한 두 나래로 조용한 공기를 흔들어
두 마리가 나오.
집에 새끼 생각이 나는 모양이오.

---

1. 바닥이 매우 고르고 반듯한.

산림

시계가 자근자근 가슴을 때려
하잔한[1] 마음을 산림이 부른다.

천년 오래인 연륜에 짜들은 유적한 산림이
고달픈 한 몸을 포옹할 인연을 가졌나보다.

산림의 검은 파동 위로부터
어둠은 어린 가슴을 짓밟는다.

멀리 첫여름의 개구리 재잘댐에
흘러간 마을의 과거가 아질타.
가지, 가지사이로 반짝이는 별들만이
새날의 향연으로 나를 부른다.

발걸음을 멈추어
하나, 둘, 어둠을 헤아려본다.
아득하다.

문득 이파리 흔드는 저녁 바람에
솨아 무서움이 옮아오고.

1. 텅 빈 것 같이 외롭고 쓸쓸한.

거리에서

달밤의 거리
광풍이 휘날리는
북국의 거리.
도시의 진주
전등밑을 헤엄치는
쪼그만 인어人魚 나.
달과 전등에 비쳐
한 몸에 둘 셋의 그림자
커졌다 작아졌다.

괴롬의 거리
회색빛 밤거리를
걷고 있는 이 마음.
선풍이 일고 있네,
외로우면서도
한 갈피 두 갈피
피어나는 마음의 그림자.
푸른 공상이
높아졌다 낮아졌다.

종달새

종달새는 이른 봄날
질디진 거리의 뒷골목이
싫더라.
명랑한[1] 봄 하늘,
가벼운 두 나래를 펴서
요염한 봄노래가,
좋더라.
그러나,
오늘도 구멍 뚫린 구두를 끌고,
홀렁홀렁 뒷거리 길로,
고기새끼 같은 나는 헤매나니.
나래와 노래가 없음인가,
가슴이 답답하구나.

---

1. 환하고 밝은.

창공

그 여름날,
열정의 포플러는
오려는 창공의 푸른 젖가슴을
어루만지려 팔을 펼쳐 흔들거렸다.
끓는 태양 그늘 좁다란 지점에서.

천막 같은 하늘 밑에서
떠들던 소나기
그리고 번개를
춤추던 구름은 이끌고
남방으로 도망하고
높다랗게 창공은 한 폭으로
가지 위에 퍼지고
둥근달과 기러기를 불러왔다.

푸르른 어린 마음이 이상에 타고
그의 동경의 날 가을에
조락[1]凋落의 눈물을 비웃다.

---

1. 시들어 떨어짐.

오후의 구장

늦은 봄 기다리던 토요일 날.
오후 세시 반의 경성행 열차는
석탄연기를 자욱이 품기고
소리치고 지나가고.

한 몸을 끄을기에 강하던
공(뽈)이 자력을 잃고
한 모금의 물이
불붙는 목을 축이기에
넉넉하다.
젊은 가슴의 피 순환이 잦고
두 철각이 늘어진다.

검은 기차연기와 함께
푸른 산이
아지랑이 저쪽으로
가라앉는다.

비ㅅ뒤

『어이 얼마나 반가운 비냐』
할아버지의 즐거움.

가물 들었던 곡식 자라는 소리
할아버지 담배 빠는 소리와 같다.

비ㅅ뒤의 햇살은
풀잎에 아름답기도 하다.

곡간

산들이 두 줄로 줄달음질 치고
여울이 소리쳐 목이 잦았다.
한여름의 햇님이 구름을 타고
이 골짜기를 빠르게도 건너려 한다.

산등어리에 송아지 뿔처럼
울뚝불뚝히 어린 바위가 솟고,
얼룩소의 보드러운 털이
산등서리에 퍼어렇게 자랐다.

삼 년 만에 고향 찾아드는
산골 나그네의 발걸음이
타박타박 땅을 고눈다[1].
벌거숭이 두루미 다리같이…

헌 신짝이 지팽이 끝에
모가지를 매달아 늘어지고,
까치가 새끼의 날발을 태우려 날 뿐,
골짝은 나그네의 마음처럼 고요하다.

---

1. '겨누다'의 전라도 방언.

산상

거리가 바둑판처럼 보이고,
강물이 배암이 새끼처럼 기는
산 위에까지 왔다.
아직쯤은 사람들이
바둑돌처럼 버려 있으리라.

한나절의 태양이
함석지붕에만 비치고,
굼벵이 걸음을 하던 기차가
정거장에 섰다가 검은 내를 토하고
또, 걸음발을 탄다.

텐트 같은 하늘이 무너져
이 거리를 덮을까 궁금하면서
좀 더 높은 데로 올라가고 싶다.

울적

처음 피워본 담배맛은
아침까지 목 안에서 간질간질 타.

어젯밤에 하도 울적하기에
가만히 한 대 피워 보았더니.

삶과 죽음

삶은 오늘도 죽음의 서곡을 노래하였다.
이 노래가 언제나 끝나랴.

세상 사람은_
뼈를 녹여내는 듯한 삶의 노래에
춤을 춘다.
사람들은 해가 넘어가기 전
이 노래 끝의 공포를
생각할 사이가 없었다.

하늘 복판에 아로새기듯이
이 노래를 부른 자가 누구뇨.

그리고 소낙비 그친 뒤같이도
이 노래를 그친 자가 누구뇨.

죽고 뼈만 남은
죽음의 승리자 위인들!

공상

공상_
내 마음의 탑
나는 말없이 이 탑을 쌓고 있다.
명예와 허영의 천공에다
무너질 줄도 모르고
한 층 두 층 높이 쌓는다.

무한한 나의 공상_
그것은 내 마음의 바다
나는 두 팔을 펼쳐서
나의 바다에서
자유로이 헤엄친다.
황금 지욕知慾의 수평선을 향하여.

이런 날

사이좋은 정문의 두 돌기둥 끝에서
오색기와 태양기가 춤을 추는 날
금을 그은 지역의 아이들이 즐거워하다.

아이들에게 하루의 건조한 학과로
해맑간 권태가 깃들고
『모순』두 자를 이해치 못하도록
머리가 단순하였구나.

이런 날에는
잃어버린 완고하던 형을
부르고 싶다.

식권

식권은 하루 세 끼를 준다.

식모는 젊은 아이들에게
한때 흰 그릇 셋을 준다.

대동강 물로 끓인 국,
평안도 쌀로 지은 밥,
조선의 매운 고추장,

식권은 우리 배를 부르게.

장

이른 아침 아낙네들은 시들은 생활을
바구니 하나 가득 담아 이고…
업고 지고… 안고 들고…
모여드오 자꾸 장에 모여드오.

가난한 생활을 골골이 벌여놓고
밀려가고… 밀려오고…
저마다 생활을 외치오…싸우오.

왼 하루[1] 올망졸망한 생활을
되질하고[2] 저울질하고 자질하다가[3]
날이 저물어 아낙네들이
쓴 생활과 바꾸어 또 이고 돌아가오.

---

1. 하루 종일.
2. 양(量)을 재어 물건을 팔고.
3. 길이를 재어 물건을 팔다가.

초 한 대

초 한 대_
내 방에 품긴 향내를 맡는다.

광명의 제단이 무너지기 전
나는 깨끗한 제물을 보았다.

염소의 갈비뼈 같은 그의 몸
그의 생명인 심지까지
백옥 같은 눈물과 피를 흘려,
불살라 버린다.

그리고도 책머리에 아롱거리며
선녀처럼 촛불은 춤을 춘다.

매를 본 꿩이 도망가듯이
암흑이 창구멍으로 도망한,
나의 방에 품긴
제물의 위대한 향내를 맛보노라.

고향집

만주에서 부른

헌 짚신짝 끄을고
나 여기 왜 왔노
두만강을 건너서
쓸쓸한 이땅에

남쪽하늘 저 밑엔
따뜻한 내고향
내 어머니 계신 곳
그리운 고향집.

PART

무얼 먹구 사나

편지

누나!
이 겨울에도
눈이 가득히 왔습니다.

흰 봉투에
눈을 한 줌 넣고
글씨도 쓰지 말고
우표도 부치지 말고
말쑥하게 그대로
편지를 부칠까요.

누나 가신 나라엔
눈이 아니 온다기에.

산울림

까치가 울어서
산울림,
아무도 못 들은
산울림.

까치가 들었다,
산울림,
저 혼자 들었다,
산울림.

기왓장 내외

비오는 날 저녁에 기왓장 내외
잃어버린 외아들 생각나선지
꼬부라진 잔등을 어루만지며
쭈룩쭈룩 구슬피 울음 웁니다.

대궐 지붕 위에서 기왓장 내외
아름답던 옛날이 그리워선지
주름잡힌 얼굴을 어루만지며
물끄러미 하늘만 쳐다봅니다.

오줌싸개 지도

빨랫줄에 걸어 논
요에다 그린 지도는
지난밤에 내 동생
오줌 싸서 그린 지도

꿈에 가본 엄마 계신
별나라 지돈가,
돈 벌러 간 아빠 계신
만주 땅 지돈가.

창구멍

바람 부는 새벽에 장터 가시는
우리 아빠 뒷자취 보고 싶어서
춤을 발라 뚫어논 작은 창구멍
아롱아롱 아침해 비치웁니다.

눈 나리는 저녁에 나무 팔러간
우리 아빠 오시나 기다리다가
혀 끝으로 뚫어논 작은 창구멍
살랑살랑 찬바람 날아듭니다.

병아리

『뾰, 뾰, 뾰
엄마 젖 좀 주』
이것은 병아리 소리.

『꺽, 꺽, 꺽
오냐, 좀 기다려』
이것은 엄마닭 소리.

좀 있다가
병아리들은
젖 먹으려는지
엄마 품으로 다 들어갔지요.

닭 2

_닭은 나래가 커두
  왜, 날잖나요
_아마 두엄¹ 파기에
  홀, 잊었나봐.

---

1. 풀이나 낙엽을 썩혀서 만든 거름.

개 1

눈 우에서
개가
꽃을 그리며
뛰오.

개 2

『이 개 더럽잖니』
아, 아니 이웃집 덜렁 수캐가
오늘 어슬렁어슬렁 우리 집으로 오더니
우리 집 바둑이의 밑구멍에다 코를 대고
씩씩 내를 맡겠지 더러운 줄도 모르고,
보기 흉해서 막 차며 욕해 쫓았더니
꼬리를 휘휘 저으며
너희들보다 어떻겠냐 하는 상으로
뛰어가겠지요 나아, 참.

참새

가을 지난 마당을
백로지[1]인 양
참새들이
글씨공부 하지요.

쨍, 쨍,
입으론 부르면서
두 발로는
글씨공부 하지요.

하루 종일
글씨공부 하여도
쨍자 한 자
밖에 더 못 쓰는 걸.

---

1. 갱지, 표면이 거칠고 품질이 낮은 종이.

조개껍질

아롱아롱 조개껍데기
울 언니 바닷가에서
주워온 조개껍데기.

여긴 여긴 북쪽나라요
조개는 귀여운 선물
장난감 조개껍데기.

데굴데굴 굴리며 놀다
짝 잃은 조개껍데기
한짝을 그리워하네.

아릉아릉 조개껍데기
나처럼 그리워하네
물소리 바닷물소리.

귀뚜라미와 나와

귀뚜라미와 나와
잔디밭에서 이야기했다.

귀뜰귀뜰
귀뜰귀뜰

아무게도 알으켜 주지 말고
우리들만 알자고 약속했다.

귀뜰귀뜰
귀뜰귀뜰

귀뚜라미와 나와
달 밝은 밤에 이야기했다.

애기의 새벽

우리 집에는
닭도 없단다.
다만
애기가 젖 달라 울어서
새벽이 된다.

우리 집에는
시계도 없단다.
다만
애기가 젖 달라 보채어
새벽이 된다.

해바라기 얼굴

누나의 얼굴은
해바라기 얼굴.
해가 금방 뜨자
일터에 간다.

해바라기 얼굴은
누나의 얼굴.
얼굴이 숙여들어
집으로 온다.

해빛, 바람

손가락에 침 발라
쏘오옥, 쏙, 쏙
장에 가는 엄마 내다보려
문풍지를
쏘오옥, 쏙, 쏙

아침에 햇빛이 빤짝,

손가락에 침 발라
쏘오옥, 쏙, 쏙
장에 가신 엄마 돌아오나
문풍지를
쏘오옥, 쏙, 쏙

저녁에 바람이 솔솔.

나무

나무가 춤을 추면
바람이 불고,
나무가 잠잠하면
바람도 자오.

할아버지

왜떡[1]이 쓴 데도
자꾸 달다고 하오.

1. 일본 모찌떡.

만돌이

만돌이가 학교에서 돌아오다가
전봇대 있는 데서
돌재기 다섯 개를 주웠습니다.

전봇대를 겨누고
돌 첫 개를 뿌렸습니다.
『딱』
두 개째 뿌렸습니다.
『아뿔사』
세 개째 뿌렸습니다.
『딱』
네 개째 뿌렸습니다.
『아뿔사』
다섯 개째 뿌렸습니다.
『딱』

다섯 개에 세 개…
그만하면 되었다.
내일 시험,
다섯 문제에 세 문제만 하면_
손꼽아 구구를 하어봐도

허양[1] 육십 점이다.
볼 거 있나 공차러 가자.

그 이튿날 만돌이는
꼼짝 못하고 선생님한테
흰 종이를 바쳤을까요,
그렇잖으면 정말
육십 점을 맞았을까요.

---

1. '근방' 또는 '근처', 함경도 방언.

무얼 먹구 사나

바다ㅅ가 사람

물고기 잡아먹구 살구

산골엣 사람

감자 구어먹구 살구

별나라 사람

무얼 먹구 사나.

반딧불

가자, 가자, 가자,
숲으로 가자.
달 쪼각을 주으러
숲으로 가자.

그믐밤 반딧불은
부서진 달 쪼각.

가자, 가자, 가자,
숲으로 가자.
달쪼각을 주으러
숲으로 가자.

둘 다

바다도 푸르고
하늘도 푸르고

바다도 끝없고
하늘도 끝없고

바다에 돌 던지고
하늘에 침 뱉고

바다는 벙글
하늘은 잠잠

거짓부리

똑, 똑, 똑
문 좀 열어주세요
하룻밤 자고 갑시다.
밤은 깊고 날은 추운데
거, 누굴까?
문 열어주고 보니
검둥이 꼬리가
거짓부리 한 걸.

꼬끼요 꼬끼요
닭알 낳았다
간난아! 어서 집어가거라.
간난이 뛰어가 보니
닭알은 무슨 닭알
고놈의 암탉이
대낮에 새빨간
거짓부리 한 걸.

겨울

처마 밑에
시래기 다래미
바삭바삭
추워요.

길바닥에
말똥 동그래미
달랑 달랑
얼어요.

호주머니

넣을 것 없어
걱정이던
호주머니는

겨울만 되면
주먹 두 개 갑북 갑북[1].

---

1. '가득'의 평안도 방언.

눈 1

눈이
새하얗게 와서
눈이
새물새물 하오.

눈 2

지난밤에
눈이 소복이 왔네.
지붕이랑
길이랑 밭이랑
추워한다고
덮어주는 이불인가 봐.

그러기에
추운 겨울에만 나리지.

사과

붉은 사과 한 개를
아버지 어머니
누나, 나, 넷이서
껍질채로 송치까지
다아 노나 먹었소.

봄 2

우리 애기는
아래 발치에서 코올코올.

고양이는
부뚜막에서 가릉가릉.

애기 바람이
나뭇가지에 소올소올.

아저씨 햇님이
하늘 한가운데서 째앵째앵.

버선본

어머니!
누나 쓰다버린 습자지는
두었다간 뭣에 쓰나요?

그런 줄 몰랐더니
습자지에다 내 버선 놓고
가위로 오려
버선본 만드는 걸.

어머니!
내가 쓰다버린 몽당연필은
두었다간 뭣에 쓰나요?

그런 줄 몰랐더니
천 위에다 버선본 놓고
침 발라 점을 찍곤
내 버선 만드는 걸.

비행기

머리의 프로펠러가
연자간[1] 풍차보다
더_빨리 돈다.

땅에서 오를 때보다
하늘에 높이 떠서는
빠르지 못하다.
숨결이 찬 모양이야.

비행기는_
새처럼 나래를
펄럭거리지 못한다.
그리고, 늘_
소리를 지른다
숨이 찬가 봐.

---

1. 연자방아를 사용하는 방앗간.

해ㅅ비

아씨처럼 나린다.
보슬보슬 해ㅅ비
맞아주자, 다 같이
옥수수 대처럼 크게
닷자 엿자 자라게
해ㅅ님이 웃는다,
나보고 웃는다.

하늘다리 놓였다.
알롱달롱 무지개
노래하자, 즐겁게
동무들아 이리 오나,
다 같이 춤을 추자.
해ㅅ님이 웃는다,
즐거워 웃는다.

빗자루

요오리조리 베면 저고리 되고
이이렇게 베면 큰 총 되지.
누나하구 나하구
가위로 종이 쏠았더니
어머니가 빗자루 들고
누나 하나 나 하나
볼기짝을 때렸소
방바닥이 어지럽다고오.

아니 아아니
고놈의 빗자루가
방바닥 쓸기 싫으니
그랬지 그랬어
괘씸하여 벽장 속에 감췄더니
이튿날 아침 빗자루가 없다고
어머니가 야단이지요.

PART

화원에 꽃이 핀다

별똥 떨어진 데

밤이다.

하늘은 푸르다 못해 농회색으로 캄캄하나 별들만은 또렷 또렷 빛난다. 침침한 어둠뿐만 아니라 오삭오삭 춥다. 이 육중한 기류 가운데 자조하는 한 젊은이가 있다. 그를 나라고 불러두자.

나는 이 어둠에서 배태[1]胚胎되고 이 어둠에서 생장하여서 아직도 이 어둠 속에 그대로 생존하나 보다. 이제 내가 갈 곳이 어딘지 몰라 허우적거리는 것이다. 하기는 나는 세기의 초점인 듯 초췌하다. 얼핏 생각하기에는 내 바닥을 반듯이 받들어 주는 것도 없고 그렇다고 내 머리를 갑박이 나려 누르는 아무것도 없는 듯하다마는 내막은 그렇지도 않다. 나는 도무지 자유스럽지 못하다. 다만 나는 없는 듯 있는 하루살이처럼 허공에 부유하는 한 점에 지나지 않는다. 이것이 하루살이처럼 경쾌하다면 마침 다행할 것인데 그렇지를 못하구나!

이 점의 대칭위치에 또 하나 다른 밝음의 초점이 도사리고 있는 듯 생각된다. 덥석 움키었으면 잡힐 듯도 하다만은 그것을 휘잡기에는 나 자신이 둔질[2]이라는 것보다 오히려 내 마음에 아무런 준비도 배포치 못한 것이 아니냐.

---

1. 잉태, (아이를) 뱃속에 가짐.
2. 둔한 성질이나 기질.

그리고 보니 행복이란 별스런 손님을 불러들이기에도 또 다른 한 가닥 구실을 치르지 않으면 안 될까 보다.

이 밤이 나에게 있어 어릴 적처럼 한낱 공포의 장막인 것은 벌써 흘러간 전설이요, 따라서 이 밤이 향락의 도가니라는 이야기도 나의 염두에선 아직 소화시키지 못할 돌덩이다. 오로지 밤은 나의 도전의 호적好敵이면 그만이다.

이것이 생생한 관념세계에만 머무른다면 애석한 일이다. 어둠 속에 깜박깜박 조울며 다닥다닥 나란히 한 초가들이 아름다운 시의 화사가 될 수 있다는 것은 벌써 지나간 제너레이션의 이야기요, 오늘에 있어서는 다만 말 못하는 비극의 배경이다.

이제 닭이 홰를 치면서 맵짠 울음을 뽑아 밤을 쫓고 어둠을 짓내몰아 동켠으로 휘언히 새벽이란 새로운 손님을 불러온다 하자. 하나 경망스럽게 그리 반가워할 것은 없다. 보아라, 가령 새벽이 왔다 하더라도 이 마을은 그대로 암담하고 나도 그대로 암담하고 하여서 너나 나나 이 가랑지길에서 주저주저 아니치 못 할 존재들이 아니냐.

나무가 있다.

그는 나의 오랜 이웃이요, 벗이다. 그렇다고 그와 내가 성격이나 환경이나 생활이 공통한 데 있어서가 아니다. 말하자면 극단과 극단 사이에도 애정이 관통할 수 있다는 기적적인 교분의 한 표본에 지나지 못할 것이다.

나는 처음 그를 퍽 불행한 존재로 가소롭게 여겼다. 그의 앞에 설 때 슬퍼지고 측은한 마음이 앞을 가리곤 하였다. 만은 오늘 돌이켜 생각컨대 나무처럼 행복한 생물은 다시 없을 듯하다. 굳음에는 이루 비길 데 없는 바위에도 그리 탐탁치는 못할망정 자양분이 있다 하거늘, 어디로 간들 생의 뿌리를 박지 못하며 어디로 간들 생활의 불평이 있을쏘냐. 칙칙하면 솔솔 솔바람이 불어오고, 심심하면 새가 와서 노래를 부르다 가고, 촐촐하면 한줄기 비가 오고, 밤이면 수많은 별들과 오손도손 이야기할 수 있고_보다 나무는 행동의 방향이란 거추장스런 과제에 봉착하지 않고 인위적으로든 우연으로서든 탄생시켜준 자리를 지켜 무궁무진한 영양소를 흡취하고 영롱한 햇빛을 받아들여 손쉽게 생활을 영위하고 오로지 하늘만 바라고 뻗어질 수 있는 것이 무엇보다 행복스럽지 않으냐.

이 밤도 과제를 풀지 못하여 안타까운 나의 마음에 나무의 마음이 점점 옮아오는 듯하고, 행동할 수 있는 자랑을 자랑치 못함에 뼈저리는 듯하나 나의 젊은 선배의 웅변이 왈曰 선배도 믿지 못할 것이라니 그러면 영리한 나무에게 나의 방향을 물어야 할 것인가.

어디로 가야 하느냐, 동이 어디냐, 서가 어디냐, 남이 어디

냐, 북이 어디냐, 아차! 저 별이 번쩍 흐른다. 별똥 떨어진
데가 내가 갈 곳인가 보다. 하면 별똥아! 꼭 떨어져야 할
곳에 떨어져야 한다.

투르게네프의 언덕

나는 고개길을 넘고 있었다…

그때 세 소년 거지가 나를 지나쳤다.

첫째 아이는 잔등에 바구니를 둘러메고, 바구니 속에는 사이다병, 간즈메통[1], 쇳조각, 헌 양말짝 등 폐물이 가득하였다.

둘째 아이도 그러하였다.

세째 아이도 그러하였다.

텁수룩한 머리털, 시커먼 얼굴에 눈물고인 충혈된 눈, 색 잃어 푸르스름한 입술, 너덜너덜한 남루, 찢겨진 맨발,

아! 얼마나 무서운 가난이 이 어린 소년들을 삼키었느냐!

나는 측은한 마음이 움직이었다.

나는 호주머니를 뒤지었다. 두툼한 지갑, 시계, 손수건…

있을 것은 죄다 있었다.

그러나 무턱대고 이것들을 내줄 용기는 없었다. 손으로 만지작만지작 거릴 뿐이었다.

다정스레 이야기나 하리라 하고『애들아』불러보았다.

첫째 아이가 충혈된 눈으로 흘끔 돌아다 볼 뿐이었다.

둘째 아이도 그러할 뿐이었다.

셋째 아이도 그러할 뿐이었다.

그리고는 너는 상관없다는 듯이 자기네끼리 소근소근 이

---

1. 통조림.

야기하면서 고개로 넘어갔다. 언덕 위에는 아무도 없었다.
짙어가는 황혼이 밀려들 뿐_

달을 쏘다

번거롭던 사위四圍가 잠잠해지고 시계소리가 또렷하나 보니 밤은 저윽이 깊을 대로 깊은 모양이다. 보던 책자를 책상머리에 밀어 놓고 잠자리를 수습한 다음 잠옷을 걸치는 것이다.『딱』스위치 소리와 함께 전등을 끄고 창녘의 침대에 드러누우니 이때까지 밝은 휘양찬 달밤이었던 것을 감각치 못하였었다. 이것도 밝은 전등의 혜택이었을까. 나의 누추한 방이 달빛에 잠겨 아름다운 그림이 된다는 것보담도 오히려 슬픈 선창이 되는 것이다. 창살이 이마로부터 콧마루, 입술 이렇게 하여 가슴에 여민 손등에까지 어른거려 나의 마음을 간지르는 것이다. 옆에 누운분의 숨소리에 방은 무시무시해진다. 아이처럼 황황해지는 가슴에 눈을 치떠서 밖을 내다보니 가을 하늘은 역시맑고 우거진 송림은 한 폭의 묵화다. 달빛은 솔가지에 솔가지에 쏟아져 바람인 양 쏴아 소리가 날 듯하다. 들리는 것은 시계소리와 숨소리와 귀또리 울음뿐 벅적되던 기숙사도 절간보다 더 한층 고요한 것이 아니냐?

나는 깊은 사념에 잠기우기 한창이다. 딴은 사랑스런 아가씨를 사유할 수 있는 아름다운 상화[1]想華도 좋고, 어린 적 미련을 두고 온 고향에의 향수도 좋거니와 그보담 손쉽게 표현 못할 심각한 그 무엇이 있다.

---

1. 형식에 구애받지 않고 생각나는 대로 써 내려간 산문 형식의 짧은 글.

바다를 건너온 H군의 편지사연을 곰곰 생각할수록 사람과 사람 사이의 감정이란 미묘한 것이다. 감상적인 그에게도 필연코 가을은 왔나보다.

편지는 너무나 지나치지 않았던가. 그 중 한 토막,

『군아! 나는 지금 울며울며 이 글을 쓴다. 이 밤도 달이 뜨고, 바람이 불고, 인간인 까닭에 가을이란 흙냄새도 안다. 정의 눈물 따뜻한 예술학도였던 정情의 눈물도 이 밤이 마지막이다.』

또 마지막 켠으로 이런 구절이 있다.

『당신은 나를 영원히 쫓아버리는 것이 정직할 것이오.』

나는 이 글의 뉘앙스를 해득할 수 있다. 그러나 사실 나는 그에게 아픈 소리 한 마디 한 일이 없고 서러운 글 한 쪽 보낸 일이 없지 아니한가. 생각컨대 이 죄는 다만 가을에게 지워 보낼 수밖에 없다.

홍안서생으로 이런 단안을 나리는 것은 외람한 일이나 동무란 한낱 괴로운 존재요, 우정이란 진정코 위태로운 잔에 떠놓은 물이다. 이 말을 반대할 자 누구랴, 그러나 지기知己 하나 얻기 힘든다 하거늘 알뜰한 동무 하나 잃어버린다는 것이 살을 베어내는 아픔이다.

나는 나를 정원에서 발견하고 창을 넘어 나왔다든가 방문을 열고 나왔다든가 왜 나왔느냐 하는 어리석은 생각에 두뇌를 괴롭게 할 필요는 없는 것이다. 다만 귀뚜라미 울음에도 수줍어지는 코스모스 앞에 그윽히 서서 닥터 빌링스의 동상 그림자처럼 슬퍼지면 그만이다. 나는 이 마음을 아무에게나 전가시킬 심보는 없다. 옷깃은 민감해서 달빛에도 싸늘히 추워지고 가을 이슬이란 선득선득[2]하여서 서러운 사나이의 눈물인 것이다.

발걸음은 몸뚱이를 옮겨 못가에 세워줄 때 못 속에도 역시 가을이 있고, 삼경이 있고, 나무가 있고, 달이 있다.(달이 있고…)

그 찰나 가을이 원망스럽고 달이 미워진다. 더듬어 돌을 찾아 달을 향하여 죽어라고 팔매질을 하였다. 통쾌! 달은 산산히 부서지고 말았다. 그러나 놀랐던 물결이 잦아들 때 오래잖아 달은 도로 살아난 것이 아니냐, 문득 하늘을 쳐다보니 얄미운 달은 머리 위에서 빈정대는 것을_

나는 꼿꼿한 나뭇가지를 고나 띠를 째서 줄을 메워 훌륭한 활을 만들었다. 그리고 좀 탄탄한 갈대로 화살을 삼아 무사의 마음을 먹고 달을 쏘다.

_끝_

2. 서늘한 느낌이 계속 있는 상태.

화원에 꽃이 핀다

개나리, 진달래, 앉은뱅이, 라일락, 민들레, 찔레, 복사, 들장미, 해당화, 모란, 릴리, 창포, 튜울립, 카네이션, 봉선화, 백일홍, 채송화, 다알리아, 해바라기, 코스모스_코스모스가 홀홀히 떨어지는 날 우주의 마지막은 아닙니다. 여기에 푸른 하늘이 높아지고, 빨간, 노란 단풍이 꽃에 못지 않게 가지마다 물들었다가 귀또리 울음이 끊어짐과 함께 단풍의 세계가 무너지고 그 위에 하룻밤 사이에 소복이 흰 눈이 나려 쌓이고, 화로에는 빨간 숯불이 피어오르고 많은 이야기와 많은 일이 이 화로가에서 이루어집니다.

독자제현! 여러분은 이 글이 씌어지는 때를 독특한 계절로 짐작해서는 아니 됩니다. 아니, 봄, 여름, 가을, 겨울, 어느 철로나 상정해서도 무방합니다. 사실 일년 내내 봄일 수는 없습니다. 하나 이 화원에는 사철 내 봄이 청춘들과 함께 싱싱하게 등대하여 있다고 하면 과분한 자기선전일까요. 하나의 꽃밭이 이루어지도록 손쉽게 되는 것이 아니라 고생과 노력이 있어야 하는 것입니다.

딴은 얼마의 단어를 모아 이 졸문을 지적거리는 데도 내 머리는 그렇게 명석한 것은 못 됩니다. 한 해 동안을 내 두뇌로써가 아니라 몸으로써 일일이 헤아려 겨우 몇 줄의 글이 이루어집니다. 그리하여 나에게 있어 글을 쓴다는 것이 그리 즐거운 일일 수는 없습니다. 봄바람의 고민에 짜들고, 녹음의 권태에 시들고, 가을 하늘 감상에 울고, 노변의 사색에 졸다가 이 몇 줄의 글과 나의 화원과 함께 나의 일년은 이루어집니다.

시간을 먹는다는 이 말의 (의의와 이 말의 묘미는 칠판 앞에서 보신 분과 칠판 밑에 앉아보신 분은 누구나 아실 것입니다) 그것은 확실히 즐거운 일임에 틀림없습니다. 하루를 휴강한다는 것보다,(하긴 슬그머니 까먹어버리면 그만이지만) 다만 한 시간, 예습, 숙제를 못해 왔다든가, 따분하고 졸리고 한 때, 한 시간의 휴강은 진실로 살로 가는 것이어서, 만일 교수가 불편하여 못 나오셨다고 하더라도 미처 우리들의 예의를 갖출 사이가 없는 것입니다.

그러나 이것을 우리들의 망발과 시간의 낭비라고 속단하셔서 아니 됩니다. 여기에 화원이 있습니다. 한 포기 푸른 풀과 한 떨기의 붉은 꽃과 함께 웃음이 있습니다. 노오트장을 적시는 것보다, 우한충동에 묻혀 글줄과 씨름하는 것보다 더 명확한 진리를 탐구할 수 있을는지, 보다 더 많은 지식을 획득할 수 있을는지 보다 더 효과적인 성과가 있을지를 누가 부인하겠습니까.

나는 이 귀한 시간을 슬그머니 동무들을 떠나서 단 혼자 화원에 거닐 수 있습니다. 단 혼자 꽃들과 풀들과 이야기할 수 있다는 것이 얼마나 다행한 일이겠습니까. 참말 나는 온정으로 이들을 대할 수 있고 그들은 웃음으로 나를 맞아줍니다. 그 웃음을 눈물로 대한다는 것은 나의 감상일까요. 고독, 정적도 확실히 아름다운 것임에 틀림이 없으나 여기에 또 서로 마음을 주는 동무가 있는 것도 다행한 일이 아닐 수 없습니다. 우리 화원 속에 모인 동무들 중에, 집에 학비를 청구하는 편지를 쓰는 날 저녁이면 생각하고 생각하던 끝에 겨우 몇 줄 써보낸다는 A군, 기뻐해야 할 서류(통칭 월급봉투)를 받아든 손이 떨린다는 B군, 사랑을 위하여서는 밥맛을 잃고 잠을 잊어버린다는 C군, 사상적 당착에 자살을 기약한다는 D군…. 나는 이 여러 동무들의 갸륵한 심정을 내 것인 것처럼 이해할 수 있습니다. 서로 너그러운 마음으로 대할 수 있습니다.

나는 세계관, 인생관, 이런 좀 더 큰 문제보다 바람과 구름과 햇빛과 나무와 우정, 이런 것들에 더 많이 괴로워해 왔는지도 모르겠습니다. 단지 이 말이 나의 역설이나, 나 자신을 흐리우는 데 지날 뿐일까요.

일반은 현대 학생도덕이 부패했다고 말합니다. 스승을 섬길 줄을 모른다고들 합니다. 옳은 말씀들입니다. 부끄러울 따름입니다. 하나 이 결함을 괴로워하는 우리들 어깨에 지워 광야로 내쫓아 버려야 하나요, 우리들의 아픈 데를 알아주는 스승, 우리들의 생채기를 어루만져주는 따뜻한 세계가 있다면 박탈된 도덕일지언정 기울여 스승을 진심으로 존경하겠습니다. 온정의 거리에서 원수를 만나면 손목을 붙잡고 목 놓아 울겠습니다.

세상은 해를 거듭, 포성에 떠들썩하건만 극히 조용한 가운데 우리들 동산에서 서로 융합할 수 있고, 이해할 수 있고, 종전의 □□[1]가 있는 것은 시세의 역효과일까요.

봄이 가고, 여름이 가고, 가을, 코스모스가 홀홀히 떨어지는 날이 우주의 마지막은 아닙니다. 단풍의 세계가 있고, _이상이견빙지(履霜而堅氷至) 서리를 밟거든 얼음이 굳어질 것을 각오하라_가 아니라, 우리는 서릿발에 끼친 낙엽을 밟으면서 멀리 봄이 올 것을 믿습니다.

노변에서 많은 일이 이루어질 것입니다.

---

1. 해독불가 부분.

종시終始

종점이 시점이 된다. 다시 시점이 종점이 된다。

아침, 저녁으로 이 자국을 밟게 되는 데 이 자국을 밟게 된 연유가 있다. 일찍이 서산대사가 살았을 듯한 우거진 송림 속, 게다가 덩그러시 살림집은 외따로 한 채뿐이었으나 식구로는 굉장한 것이어서 한 지붕 밑에서 팔도 사투리를 죄다 들을 만큼 모아놓은 미끈한 장정들만이 욱실욱실하였다. 이곳에 법령은 없었으나 여인금납구였다. 만일 강심장의 여인이 있어 불의의 침입이 있다면 우리들의 호기심을 저윽이 자아내었고, 방마다 새로운 화제가 생기곤하였다. 이렇듯 수도생활에 나는 소라 속처럼 안도하였던 것이다.

사건이란 언제나 큰 데서 동기가 되는 것보다 오히려 적은 데서 더 많이 발작하는 것이다.

눈 온 날이었다. 동숙하는 친구의 친구가 한 시간 남짓한 문안 들어가는 차시간까지를 낭비하기 위하여, 나의 친구를 찾아 들어와서 하는 대화였다.

『자네 여보게 이집 귀신이 되려나?』

『조용한 게 공부하기 작히나 좋잖은가』

『그래 책장이나 뒤적뒤적하면 공분 줄 아나. 전차간에서 내다볼 수 있는 광경, 정거장에서 맛볼 수 있는 광경, 다시 기차 속에서 대할 수 있는 모든 일들이 생활 아닌 것이 없거든. 생활 때문에 싸우는 이 분위기에 잠겨서, 보고, 생각하고, 분석하고, 이거야말로 진정한 의미의 교육이 아니겠는가. 여보게! 자네 책장만 뒤지고 인생이 어드렇니 사회가 어드렇니 하는 것은 16세기에서나 찾아볼 일일세. 단연 문안으로 나오도록 마음을 돌리게』

나한테 하는 권고는 아니었으나 이 말에 귀틈 뚫려 상푸둥 그러리라고 생각하였다. 비단 여기만이 아니라 인간을 떠나서 도를 닦는다는 것이 한낱 오락이요, 오락이매 생활이 될 수 없고, 생활이 없으매 이 또한 죽은 공부가 아니랴. 하야 공부도 생활화하여야 되리라 생각하고 불일내에 문안으로 들어가기를 내심으로 단정해 버렸다. 그 뒤 매일같이 이 자국을 밟게 된 것이다.

나만 일찍이 아침거리의 새로운 감촉을 맛볼 줄만 알았더니 벌써 많은 사람들의 발자욱에 포도는 어수선할 대로 어수선했고, 정류장에 머물 때마다 이 많은 무리를 죄다 어디 갖다 터뜨릴 심산인지 꾸역꾸역 자꾸 박아 싣는데, 늙은이, 젊은이, 아이 할 것 없이 손에 꾸러미를 안 든 사람은 없다. 이것이 그들 생활의 꾸러미요, 동시에 권태의 꾸러미인지도 모르겠다.

이 꾸러미를 든 사람들의 얼굴을 하나하나씩 뜯어보기로 한다. 늙은이 얼굴이란 너무 오래 세파에 짜들어서 문제도 안 되겠거니와 그 젊은이들 낯짝이란 도무지 말씀이 아니다. 열이면 열이 다 우수 그것이요, 백이면 백이 다 비참 그것이다. 이들에게 웃음이란 가물에 콩싹이다. 필경 귀여우리라는 아이들의 얼굴을 보는 수밖에 없는데 아이들의 얼굴이란 너무나 창백하다. 혹시 숙제를 못해서 선생한테 꾸지람들을 것이 걱정인지 풀이 죽어 쭈그러뜨린 것이 활기란 도무지 찾아 볼 수 없다. 내 상도 필연코 그 꼴일 텐데 내 눈으로 그 꼴을 보지 못하는 것이 다행이다. 만일 다른 사람의 얼굴을 보듯 그렇게 자주 내 얼굴을 대한다고 할 것 같으면 벌서 요사하였을는지도 모른다.

나는 내 눈을 의심하기로 하고 단념하자!

차라리 성벽 위에 펼친 하늘을 쳐다보는 편이 더 통쾌하다. 눈은 하늘과 성벽 경계선을 따라 자꾸 달리는 것인데 이 성벽이란 현대로써 캄플라지한 옛 금성이다. 이 안에서 어떤 일이 이루어졌으며 어떤 일이 행하여지고 있는지 성 밖에서 살아 왔고 살고 있는 우리들에게는 알 바가 없다. 이제 다만 한 가닥 희망은 이 성벽이 끊어지는 곳이다.

기대는 언제나 크게 가질 것이 못되어서 성벽이 끊어지는 곳에 총독부, 도청무슨 참고관, 체신국, 신문사, 소방조, 무슨 주식회사, 부청, 양복점, 고물상 등 나란히 하고 연

166

달아 오다가 아이스케이크 간판에 눈이 잠깐 머무르는데 이 놈을 눈 나린 겨울에 빈집을 지키는 꼴이라든가, 제 신분에 맞지 않는 가게를 지키는 꼴을 살짝 필름에 올리어 본달 것 같으면 한 폭의 고등 풍자만화가 될 터인데 하고 나는 눈을 감고 생각하기로 한다. 사실 요즈음 아이스케이크 간판 신세를 면치 아니치 못할 자 얼마나 되랴. 아이스케이크 간판은 정열에 불타는 염서가 진정코 아수롭다.

눈을 감고 한참 생각하느라면 한 가지 꺼리끼는 것이 있는데 이것은 도덕률이란 거추장스러운 의무감이다. 젊은 녀석이 눈을 딱 감고 버티고 앉아 있다고 손가락질하는 것 같아 번쩍 눈을 떠본다. 하나 가차이 자선할 대상이 없음에 자리를 잃지 않겠다는 심정보다 오히려 아니꼽게 본 사람이 없었으리란 데 안심이 된다.

이것은 과단성 있는 동무의 주장이지만 전차에서 만난 사람은 원수요, 기차에서 만난 사람은 지기라는 것이다. 딴은 그러리라고 얼마큼 수긍하였댔다. 한자리에서 몸을 비비적거리면서도『오늘은 좋은 날씨올시다.』『어디서 내리시나요』쯤의 인사는 주고받을 법한데, 일언반구 없이 뚱한 꼴들이 작히나 큰 원수를 맺고 지내는 사이들 같다. 만일 상냥한 사람이 있어 요만쯤의 예의를 밟는다고 할 것 같으면, 전차 속의 사람들은 이를 정신이상자로 대접할 게다. 그러나 기차에서는 그렇지 않다. 명함을 서로 바꾸고 고향 이야기, 행방이야기를 꺼리낌없이 주고받고 심지어 남의 여로를 자기의 여로인 것처럼 걱정하고, 이 얼마나 다정한 인생행로냐.

이러는 사이에 남대문을 지나쳤다. 누가 있어『자네 매일같이 남대문을 두 번씩 지날 터인데 그래 늘 보곤 하는가』라는 어리석은 듯한 멘탈 테스트를 낸다면은 나는 아연해지지 않을 수 없다. 가만히 기억을 더듬어 본달 것 같으면 늘이 아니라 이 자국을 밟은 이래 그 모습을 한번이라도 쳐다본 적이 있었던 것 같지 않다. 하기는 그것이 나의 생활에 긴한 일이 아니매 당연한 일일 게다. 하나 여기에 하나의 교훈이 있다. 회수가 너무 잦으면 모든 것이 피상적이 되어버리나니라.

이것과는 관련이 먼 이야기 같으나 무료한 시간을 까기 위하여 한 마디 하면서 지나가자.

시골서는 제로라고 하는 양반이었던 모양인데 처음 서울 구경을 하고 돌아가서 며칠동안 배운 서울 말씨를 섣불리 써가며 서울 거리를 손으로 형용하고 말로서 떠벌여 옮겨 놓더란데, 정거장에 턱 내리니 앞에 고색이 창연한 남대문이 반기는 듯 가로 막혀 있고, 총독부집이 크고, 창경원에 백 가지 금수가 볼 직했고 덕수궁의 옛 궁전이 회포를 자아냈고, 화신 승강기는 머리가 회앵_ 했고, 본정엔 전등이 낮처럼 밝은데 사람이 물 밀리듯 밀리고, 전차란 놈이 윙윙 소리를 지르며 지르며 연달아 달리고_서울이 자기 하나를 위하여 이루어진 것처럼 우쭐했는데 이것쯤은 있을 듯한 일이다. 한데 게도 방정꾸러기가 있어

『남대문이란 현판이 참 명필이지요』

하고 물으니 대답이 걸작이다.

『암, 명필이구말구. 남자 대자 문자 하나 하나 살아서 막 꿈틀거리는 것 같데』

어느 모로나 서울자랑 하려는 이 양반으로서는 가당한 대답일 게다. 이분에게 아현 고개 막바지기에,

_아니 치벽한 데 말고_가차이 종로 뒷골목에 무엇이 있던가를 물었더라면 얼마나 당황해 했으랴.

나는 종점을 시점으로 바꾼다.

내가 내린 곳이 나의 종점이요, 내가 타는 곳이 나의 시점이 되는 까닭이다. 이 짧은 순간 많은 사람 사이에 나를 묻는 것인데 나는 이네들에게 너무나 피상적이 된다. 나의 휴머니티를 이네들에게 발휘해낸다는 재주가 없다. 이네들의 기쁨과 슬픔과 아픈 데를 나로서는 측량한다는 수가 없는 까닭이다. 너무 막연하다. 사람이란 회수가 잦은 데와 양이 많은 데는 너무나 쉽게 피상적이 되나보다. 그럴

수록 자기 하나 간수하기에 분망하나보다.

시그널을 밟고 기차는 왜앵 떠난다. 고향으로 향한 차도 아니건만 공연히 가슴은 설렌다. 우리 기차는 느릿느릿 가다 숨차면 가정거장에서도 선다. 매일같이 웬 여자들인지 주룽주룽 서 있다. 제마다 꾸러미를 안았는데 예의 그 꾸러미인 듯 싶다. 다들 방년된 아가씨들인데 몸매로 보아 하니 공장으로 가는 직공들은 아닌 모양이다. 얌전히들 서서 기차를 기다리는 모양이다. 판단을 기다리는 모양이다. 하나 경망스럽게 유리창을 통하여 미인판단을 내려서는 안 된다. 피상법칙이 여기에도 적용될지 모른다. 투명한 듯하나 믿지 못할 것이 유리다. 얼굴을 찌깨놓은 듯이 한다든가 이마를 좁다랗게 한다든가 코를 말코로 만든다든가 턱을 조개턱으로 만든다든가 하는 악희를 유리창이 때때로 감행하는 까닭이다. 판단을 내리는 자에게는 별반 이해관계가 없다손 치더라도 판단을 받는 당자에게 오려던 행운이 도망갈는지를 누가 보장할소냐. 여하간 아무리 투명한 꺼풀일지라도 깨끗이 벗겨버리는 것이 마땅할 것이다.

이윽고 터널이 입을 벌리고 기다리는데 거리 한가운데 지하철도도 아닌 터널이 있다는 것이 얼마나 슬픈 일이냐. 이 터널이란 인류역사의 암흑시대요, 인생행로의 고민상이다. 공연히 바퀴소리만 요란하다. 구역날 악질의 연기가 스며든다. 하나 미구에 우리에게 광명의 천지가 있다. 터널을 벗어났을 때 요즈음 복선공사에 분주한 노동자들을 볼 수 있다. 아침 첫차에 나갔을 때에도 일하고 저녁 늦차에 들어올 때에도 그네들은 그대로 일하는데 언제 시작하여 언제 그치는지 나로서는 헤아릴 수 없다. 이네들이야말로 건설의 사도들이다. 땀과 피를 아끼지 않는다.

그 육중한 도락구를 밀면서도 마음만은 요원한 데 있어 도락구 판장에다 서투른 글씨로 신경행이니 북경행이니 남경행이니 라고 써서, 타고 다니는 것이 아니라 밀고 다닌다. 그네들의 마음을 엿볼 수 있다. 그것이 고력에 위안이 안 된다고 누가 주장하랴.

이제 나는 곧 종시를 바꿔야 한다. 하나 내 차에도 신경행, 북경행, 남경행을 달고 싶다. 세계일주행이라고 달고 싶다. 아니 그보다 진정한 내 고향이 있다면 고향행을 달겠다. 다음 도착하여야 할 시대의 정거장이 있다면 더 좋다.

1917년	12월 30일, 만주국 간도성 화룡현 명동촌에서 부친 윤영석과 모친 김용 사이의 4남매 중 맏아들로 출생, 아호는 해환(海煥), 후에 「카톨릭 소년」지에 동요를 발표했는데, 동주(童舟)라는 필명을 쓰기도 함.
1925년	명동소학교에 입학.
1929년	고종사촌 송몽규 등과 함께 「새명동」이라는 등사판 문예지를 간행하여 동요, 동시 등을 발표.
1931년	명동소학교를 졸업하고 중국인 소학교 6학년에 편입하여 공부를 계속함. 늦가을 용정으로 이사.
1934년	오늘날 찾을 수 있는 최초의 작품인 시 3편을 제작. '삶과 죽음(12. 24)', '초 한 대(12. 24)", '내일은 없다(12. 24)"
1935년	은진중학교에서 평양 숭실학교 3학년에 편입. '남쪽하늘(10월)', '공상'(10월) '창공(10. 20)', '거리에서(1. 18)', '조개껍질(12월)'

1936년	숭실중학교를 신사참배 강요에 대한 항의표시로 자퇴. 문익환과 함께 용정으로 돌아와 광명학원 중학부 4학년에 전입 .

동시 '고향집'(1.6), '병아리'(1.6)(카톨릭 소년 11월호), '오줌싸개지도'(카톨릭 소년 1937년 1월호), '기왓장내외', '굴뚝」(가을), '무얼 먹고 사나'(카톨릭소년 1937년 3월호 발표), '봄'(10월), '참새'(12월), '개', '편지', '버선본'(12월초), '눈'(12월), '사과', '눈', '닭', '빗자루', '햇비', '비행기' '겨울', '호주머니'(1936년 12월호, 또는 1937년 1월호 발표)

시 '아침', '비둘기'(2.10), '이별'(3.20), '식권'(3.20), '모란봉에서(3.24), '황혼」(3.25), '가슴 1'(3.25), '종달새'(3월), '산상(5월), '오후의 구장'(5월), '이런 날'(6.10), '양지쪽(6.26), '산림'(6.26), '닭'(봄), '가슴 2'(7.24), '꿈은 깨어지고'(7.27), '곡간'(여름), '빨래', '가을밤'(10.23)

1937년	상급 학교 진학문제로 의학을 지망하라는 부친과 대립하였으나 결국 본인이 원하는 「연전 문과」에 진학하기로 결정, 시인으로서의 길로 접어듦.

시 '황혼이 바다가 되어'(1월), '장'(봄), '달밤'(4.15), '풍경'(5.29), '한난계'(7.1), '그 여자'(7.26), '소낙비'(8. 9), '비애'(8.18), '명상'(8.20), '바다」(9월), 「산협의오후」(9월), '비

로봉'(9월), '창'(10월), '밤'(3월), '유언」(10. 24)(조선일보 학생
란 1939년 1월 23일자 발표)

동시 '할아버지'(3.10), '만돌이', '나무', '거짓부리'(카톨릭 소
년」 10월호), '둘 다', '반딧불'

1938년   고종사촌 송몽규와 연희전문 문과 입학. 기숙사 3층
                지붕 밑 방에서 기숙사 생활 시작함.
                동시 '햇빛·바람', '해바라기 얼굴', '애기의 새벽', '귀뚜라
                미와 나와', '산울림'(5월)(소년 1939년).
                산문 '달을 쏘다'(10월)(조선일보」 학생란 1939년 1월호)
                시 '새로운 길'(5.10), '비오는 밤'(6.11), '사랑의 전당'(6.19),
                '이적'(6.19), '아우의 인상화'(9.15)(『조선일보』 학생란), '코스
                모스'(9.20), '슬픈 족속'(9월), '고추밭'(10.26)

1939년   연희전문 2학년으로 진급. 기숙사를 나와서 하숙생
                활 시작. 정지용을 찾아가서 시에 대한 담화를 나눔.
                시 '달같이'(9월), '장미 병들어'(9월), '산골물', '자화상'」(9월)
                (학우지 文友 1941년 6월호),
                산문 '투르게네프의 언덕'(9월), '달을 쏘다'(조선일보 학생란
                1월)
                동시 '산울림' (소년 날짜미상)

1940년	다시 기숙사로 돌아옴. 한동안 절필 후 다시 시를 쓰기 시작. 시 '병원', '팔복'(12월 추정), '위로'(12. 3),
1941년	연희전문 졸업. 졸업기념으로 19편의 시로 이루어진 「하늘과 바람과 별과 시」란 제목의 시집을 출간하려 했으나 실패. 시 '무서운 시간'(2. 7), '눈오는 지도'(3. 12), '태초의 아침', '또 태초의 아침'(5. 31), '새벽이 올 때까지'(5월), '십자가'(5. 31), '눈 감고 간다'(5. 31), '못 자는 잠', '돌아와 보는 밤'(6월), '간판 없는 거리', '바람이 불어'(6 2), '또 다른 고향'(9월), '길'(9. 30), '별 헤는 밤'(11. 5), '서시'(11. 20), '간'(11. 29) 산문 '종시'
1942년	일본으로 건너가 도쿄 입교대학 영문과에 입학. 이후 교토 동지사대학 영문학과에 편입. 일본유학 직전인 1월 24일, 고국에서 마지막 작품이 된 참회록 남김. 시 '참회록'(1. 24), '흰 그림자'(4. 14), '흐르는 거리'(5. 12),

'사랑스런 추억'(5. 13), '쉽게 씌어진 시'(6. 3), '봄'
산문 '별똥 떨어진 데', '花園에 꽃이 핀다'

1943년   송몽규 등과 함께 특고경찰에 의해 교토 하압경찰서
                에 독립운동 혐의로 검거.

1945년   광복을 몇 개월 앞둔 2월 16일 오전 3시 36분, 후쿠오
                까 형무소에서 외마디 비명을 지르고 운명.

1947년   유작 '쉽게 씌어진 시'가 정지용의 소개문을 붙여 경
                향신문에 발표됨. 2월 16일, 30여 명의 시인들이 서
                울 플로워 회관에 모여 첫 추도회 거행.

1948년   1월, 유고 시집 「하늘과 바람과 별과 시」를 정지용의
                서문과 함께 정음사에서 출간.

金素月

김
소
월
시
선

5
PART

님에게

먼 후일

먼 훗날 당신이 찾으시면
그때에 내 말이『잊었노라』

당신이 속으로 나무라면
『무척 그리다가 잊었노라』

그래도 당신이 나무라면
『믿기지 않아서 잊었노라』

오늘도 어제도 아니 잊고
먼 훗날 그때에『잊었노라』

풀 따기

우리 집 뒷산에는 풀이 푸르고
숲 사이의 시냇물, 모래 바닥은
파아란 풀 그림자, 떠서 흘러요.

그리운 우리 님은 어디 계신고
날마다 피어나는 우리 님 생각
날마다 뒷산에 홀로 앉아서
날마다 풀을 따서 물에 던져요.

흘러가는 시내의 물에 흘러서
내어던진 풀잎은 옅게 떠갈 제
물살이 해적해적 풀을 헤쳐요.

그리운 우리 님은 어디 계신고
가여운 이 내 속을 둘 곳 없어서
날마다 풀을 따서 물에 던지고
흘러가는 잎이나 맘해 보아요.

바다

뛰노는 흰 물결이 일고 또 잦는
붉은 풀이 자라는 바다는 어디

고기잡이꾼들이 배 위에 앉아
사랑 노래 부르는 바다는 어디

파랗게 좋이 물든 남빛 하늘에
저녁놀 스러지는 바다는 어디

곳 없이 떠다니는 늙은 물새가
떼를 지어 좇니는 바다는 어디

건너서서 저편은 딴 나라이라
가고 싶은 그리운 바다는 어디

님의 노래

그리운 우리 님의 맑은 노래는
언제나 내 가슴에 젖어 있어요.

긴 날을 문밖에서 서서 들어도
그리운 우리 님의 부르는 노래는
해지고 저무도록 귀에 들려요.
밤들고 잠들도록 귀에 들려요.

고히도 흔들리는 노래 가락에
내 잠은 그만이나 깊이 들어요.
고적한 잠자리에 홀로 누워도
내 잠은 포스근히 깊이 들어요.

그러나 자다깨면 님의 노래는
하나도 남김없이 잃어 버려요.
들으면 듣는대로 님의 노래는
하나도 남김없이 잊고 말아요.

산 위에

산 위에 올라서서 바라다보면
가로막힌 바다를 마주 건너서
님 계시는 마을이 내 눈앞으로
꿈 하늘 하늘같이 떠오릅니다.

흰 모래 모래 비낀 선창가에는
한가한 뱃노래가 멀리 잦으며
날 저물고 안개는 깊이 덮여서
흩어지는 물꽃뿐 아득합니다.

이윽고 밤 어두아 물새가 울면
물결 좇아 하나 둘 배는 떠나서
저 멀리 한 바다로 아주 바다로
마치 가랑잎같이 떠나갑니다.

나는 혼자 산에서 밤을 새우고
아침해 붉은 볕에 몸을 씻으며
귀 기울고 솔곳이 엿듣노라면
님 계신 창 아래로 가는 물노래.

흔늘어 깨우치는 물노래에는
내 님이 놀라 일어나 찾으신대도
내 몸은 산 위에서 그 산 위에서
고이 깊이 잠들어 다 모릅니다.

옛이야기

고요하고 어두운 밤이 오면은
어스레한 등불에 밤이 오면은
외로움에 아픔에 다만 혼자서
하염없는 눈물에 저는 웁니다.

제 한 몸도 예전엔 눈물 모르고
조그마한 세상을 보냈습니다.
그때는 지난날의 옛이야기도
아무 설움 모르고 외웠습니다.

그런데 우리 님이 가신 뒤에는
아주 저를 바리고 가신 뒤에는
전날에 제게 있던 모든 것들이
가지가지 없어지고 말았습니다.

그러나 그 한때에 외워 두었던
옛이야기뿐만은 남았습니다.
나날이 짙어가는 옛이야기는
부질없이 제 몸을 울렸습니다.

실제失題 1

동무들 보십시오 해가 집니다.
해지고 오늘날은 가노랍니다.
윗옷을 잽시빨리 입으십시오.
우리도 산마루로 올라갑시다.

동무들 보십시오 해가 집니다.
세상의 모든 것은 빛이 납니다.
이제는 주춤주춤 어둡습니다.
예서 더 저문 때를 밤이랍니다.

동무들 보십시오 밤이 옵니다.
박쥐가 발부리에 일어납니다.
두 눈을 인제 그만 감으십시오.
우리도 골짜기로 내려갑시다.

님에게

한때는 많은 날을 당신 생각에
밤까지 새운 일도 없지 않지만
아직도 때마다는 당신 생각에
추거운 베갯가의 꿈은 있지만

낯모를 딴 세상의 네 길거리에
애달피 날 저무는 갓 스물이요
캄캄한 어두운 밤 들에 헤매도
당신은 잊어버린 설움이외다.

당신을 생각하면 지금이라도
비오는 모래밭에 오는 눈물의
추거운 베갯가의 꿈은 있지만
당신은 잊어버린 설움이외다.

님의 말씀

세월이 물과 같이 흐른 두 달은
길어둔 독엣 물도 찌었지마는
가면서 함께 가자 하던 말씀은
살아서 살을 맞는 표적이외다.

봄풀은 봄이 되면 돋아나지만
나무는 밑그루를 꺾은 셈이요
새라면 두 죽지가 상한 셈이라
내 몸에 꽃필 날은 다시 없구나.

밤마다 닭소리라 날이 첫 시時면
당신의 넋맞이로 나가볼 때요
그믐에 지는 달이 산에 걸리면
당신의 길신가리[1] 차릴 때외다.

세월은 물과 같이 흘러가지만
가면서 함께 가자 하던 말씀은
당신을 아주 잊던 말씀이지만
죽기 전 또 못 잊을 말씀이외다.

---

1. 길일을 정해 고인의 명복을 빌어주는 행위.

마른 강 두덕에서

서리 맞은 잎들만 쌔울지라도
그 밑에야 강물의 자취 아니랴
잎새 위에 밤마다 우는 달빛이
흘러가던 강물의 자취 아니랴

빨래 소리 물소리 선녀의 노래
물 스치던 돌 위엔 물때뿐이라
물때 묻은 조약돌 마른 갈숲이
이제라고 강물의 터야 아니랴

빨래 소리 물소리 선녀의 노래
물 스치던 돌 위엔 물때 뿐이라

봄밤

실버드나무의 서므스렷한 머리결인 낡은 가지에
제비의 넓은 깃나래의 감색 치마에
술집의 창 옆에, 보아라, 봄이 앉았지 않은가.

소리도 없이 바람은 불며, 울며, 한숨지어라.
아무런 줄도 없이 설고 그리운 새카만 봄밤
보드라운 습기는 떠돌며 땅을 덮어라.

밤

홀로 잠들기가 참말 외로워요.
맘에는 사무치도록 그리워요.
이리도 무던히
아주 얼골조차 잊힐듯해요.

벌써 해가 지고 어둡는데요,
이 곳은 인천에 제물포, 이름난 곳
부슬부슬 오는 비에 밤이 더디고
바닷바람이 춥기만 합니다.

다만 고요히 누워 들으면
다만 고요히 누워 들으면
하이얗게 밀어드는 봄 밀물이
눈앞을 가루막고 흐느낄 뿐이야요.

꿈꾼 그 옛날

밖에는 눈, 눈이 와라,
고요히 창 아래로는 달빛이 들어라.
어스름 타고서 오신 그 여자는
내 꿈의 품속으로 들어와 안겨라.

나의 베개는 눈물로 함빡히 젖었어라.
그만 그 여자는 가고 말았느냐.
다만 고요한 새벽, 별 그림자 하나가
창틈을 엿보아라.

꿈으로 오는 한 사람

나이 차지면서 가지게 되었노라.
숨어 있던 한 사람이, 언제나 나의,
다시 깊은 잠 속의 꿈으로 와라.

불그레한 얼굴에 가늣한 손가락의,
모르는 듯한 거동도 전날의 모양대로
그는 야젓이[1] 나의 팔 위에 누워라.

그러나, 그래도 그러나!
말할 아무 것이 다시 없는가!
그냥 먹먹할뿐, 그대로
그는 일어라. 닭의 홰치는 소리.

깨어서도 늘, 길거리의 사람을
밝은 대낮에 빗보고는[2] 하노라

---

1. 의젓이.
2. 사물을 실제와 다르게 착각하고는.

눈 오는 저녁

바람 자는 이 저녁
흰 눈은 퍼붓는데
무엇하고 계시노
같은 저녁 금년今年은…

꿈이라도 꾸면은!
잠들면 만날런가.
잊었던 그 사람은
흰 눈 타고 오시네.

저녁때, 흰 눈은 퍼부어라.

자주구름

물 고운 자주구름,
하늘은 개어 오네.
밤중에 몰래 온 눈
솔숲에 꽃피었네.

아침볕 빛나는데
알알이 뛰노는 눈

밤새에 지난 일은…
다 잊고 바라보네.

움직거리는 자주구름.

두 사람

흰눈은 한 잎
또 한 잎
영 기슭을 덮을 때.
짚신에 감발하고[1] 길삼 매고
우뚝 일어나면서 돌아서도…
다시금 또 보이는,
다시금 또 보이는.

---

1. 발에 발감개를 하고.

닭소리

그대만 없게 되면
가슴 뛰노는 닭소리 늘 들어라.

밤은 아주 새어올 때
잠은 아주 달아날 때

꿈은 이루기 어려워라.

저리고 아픔이여
살기가 왜 이리 고달프냐.

새벽 그림자 산란한 들풀 위를
혼자서 거닐어라.

못 잊어

못 잊어 생각이 나겠지요,
그런대로 한세상 지내시구려,
사노라면 잊힐 날 있으리이다.

못 잊어 생각이 나겠지요.
그런대로 세월만 가라시구려,
못 잊어도 더러는 잊히오리다.

그러나 또한긋[1] 이렇지요,
『그리워 살뜰히 못 잊는데,
어쩌면 생각이 떠나지나요?』

---

1. 한편으로.

예전엔 미처 몰랐어요

봄여름 가을없이 밤마다 돋는 달도
예전엔 미처 몰랐어요.

이렇게 사무치게 그리울 줄도
예전엔 미처 몰랐어요.

달이 암만 밝아도 쳐다볼 줄은
예전엔 미처 몰랐어요.

이제금 저 달이 설움일 줄은
예전엔 미처 몰랐어요.

자나 깨나 앉으나 서나

자나 깨나 앉으나 서나
그림자 같은 벗 하나 내게 있었습니다.

그러나, 우리는 얼마나 많은 세월을
쓸데없는 괴로움으로만 보내었겠습니까!

오늘은 또 다시, 당신의 가슴 속, 속 모를 곳을
울면서 나는 휘저어 버리고 떠납니다 그려.

허수한[1] 맘, 둘 곳 없는 심사에 쓰라린 가슴은
그것이 사랑, 사랑이던 줄이 아니도 잊힙니다.

---

1. 허전하고 쓸쓸한.

해가 산마루에 저물어도

해가 산마루에 저물어도
내게 두고는 당신 때문에 저뭅니다.

해가 산마루에 올라와도
내게 두고는 당신 때문에 밝은 아침이라고 할 것입니다.

땅이 꺼져도 하늘이 무너져도
내게 두고는 끝까지 모두다 당신 때문에 있습니다.

다시는, 나의 이러한 맘뿐은, 때가 되면,
그림자 같이 당신한테로 가오리다.

오오, 나의 애인이었던 당신이여.

꿈 1

닭 개 짐승조차도 꿈이 있다고
이르는 말이야 있지 않은가,
그러하다, 봄날은 꿈꿀 때.
내 몸에야 꿈이나 있으랴,
아아 내 세상의 끝이여,
나는 꿈이 그리워, 꿈이 그리워.

맘 켕기는 날

오실 날
아니 오시는 사람!
오시는 것 같게도
맘 켕기는 날!
어느덧 해도 지고 날이 저무네!

하늘 끝

불현듯
집을 나서 산을 치달아
바다를 내다보는 나의 신세여!
배는 떠나 하늘로 끝을 가누나!

개아미

진달래 꽃이 피고
바람은 버들가지에서 울 때,
개아미[1]는
허리가 가늣한 개아미는
봄날의 한나절, 오늘 하루도
고달피 부지런히 집을 지어라.

---

1. '개미'의 제주도 방언.

제비

하늘로 날아다니는 제비의 몸으로도
일정한 깃을 두고 돌아오거든!
어찌 설지 않으랴, 집도 없는 몸이야!

부형새

간밤에
뒷 창 밖에
부형새[1]가 와서 울더니,
하루를 바다 위에 구름이 캄캄.
오늘도 해 못 보고 날이 저무네.

---

1. 부엉새.

만리성

밤마다 밤마다
온 하로밤[1]!
싸핫다 허럿다
긴 만리성!

---

1. 하룻밤.

수아樹芽

설다[1] 해도
웬만한,
봄이 아니어,
나무도 가지마다 눈을 텄어라!

---

1. 서럽다.

담배

나의 긴 한숨을 동무하는
못 잊게 생각나는 나의 담배 !
내력을 잊어버린 옛 시절에
났다가 새 없이[1] 몸이 가신
아씨님 무덤 위의 풀이라고
말하는 사람도 보았어라.
어물어물 눈앞에 스러지는 검은 연기,
다만 타불고 없어지는 불꽃.
아 나의 괴로운 이 맘이어.
나의 하염없이 쓸쓸한 많은 날은
너와 한가지로 지나가라.

---

1. 생각할 사이도 없이.

실제失題 2

이 가람과 저 가람이 모두 처 흘러
그 무엇을 뜻하는고?

미더움을 모르는 당신의 맘

죽은 듯이 어두운 깊은 골의
꺼림직한 괴로운 몹쓸 꿈의
퍼르죽죽한 불길은 흐르지만
더듬기에 지치운 두 손길은
불어가는 바람에 식히셔요
밝고 호젓한 보름달이
새벽의 흔들리는 물노래로
수줍음에 추움에 숨을 듯이
떨고 있는 물 밑은 여기외다.

미더움을 모르는 당신의 맘

저 산과 이 산이 마주서서
그 무엇을 뜻하는고?

어버이

잘살며 못살며 할 일이 아니라
죽지 못해 산다는 말이 있나니
바이 못할 거도 아니지만는
금년에 열네 살, 아들딸이 있어서
순북이 아부님은 못 하노란다.

부모

낙엽이 우수수 떨어질 때,
겨울의 기나긴 밤,
어머님하고 둘이 앉아
옛이야기 들어라.

나는 어쩌면 생겨나와
이 이야기 듣는가?
묻지도 말아라, 내일 날에
내가 부모 되어서 알아보랴?

후살이

홀로된 그 여자
근일에 와서는 후살이[1] 간다 하여라.
그렇지 않으랴, 그 사람 떠나서
이제 십 년, 저 혼자 더 살은 오늘날에 와서야…
모두다 그럴듯한 사람 사는 일레요[2].

1. 여자가 다시 시집가서 사는 일.
2. 일이래요.

잊었던 맘

집을 떠나 먼 저곳에
외로이도 다니던 내 심사를!
바람 불어 봄꽃이 필 때에는
어찌타 그대는 또 왔는가.
저도 잊고 나니 저 모르던 그대
어찌하여 옛날의 꿈조차 함께 오는가.
쓸데도 없이 서럽게만 오고 가는 맘.

봄비

어룰없이[1] 지는 꽃은 가는 봄인데
어룰없이 오는 비에 봄은 울어라.
서럽다, 이 나의 가슴 속에는 !
보라, 높은 구름 나무의 푸릇한 가지.
그러나 해 늦으니 으스름인가.
애달피 고운 비는 그어 오지만
내 몸은 꽃자리에 주저앉아 우노라.

---

1. 덧없이.

기억

왔다고 할지라도 자취도 없는
분명치 못한 꿈을 맘에 안고서
어린 듯 대문 밖에 비껴 기대서
구름 가는 하늘을 바라봅니다.

바라는 볼지라도 하늘 끝에도
하늘은 끝에까지 꿈길은 없고
오고 가는 구름은 구름은 가도
하늘뿐 그리 그냥 늘 있습니다.

뿌리가 죽지 않고 살아 있으면
그 맘이 죽지 않고 살아 있으면
자갯돌 밭에서도 풀이 피듯이
기억의 가시밭에 꿈이 핍니다.

비단안개

눈들이 비단안개에 둘리울 때,
그때는 차마 잊지 못할 때러라.
만나서 울던 때도 그런 날이오,
그리워 미친 날도 그런 때러라.

눈들이 비단안개에 둘리울 때,
그때는 홀목숨은 못 살 때러라.
눈 풀리는 가지에 당치맞게[1]로
젊은 계집 목매고 달릴 때러라.

눈들이 비단안개에 둘리울 때,
그때는 종달새 솟을 때러라.
들에랴, 바다에랴, 하늘에서랴,
아지 못할 무엇에 취할 때러라.

눈들이 비단안개에 둘리울 때,
그때는 차마 잊지 못할 때러라.
첫사랑 있던 때도 그런 날이오
영 이별 있던 날도 그런 때러라.

---

1. 치마의 끝에 덧붙인 헝겊조각.

애모

왜 아니 오시나요.
영창에는 달빛, 매화 꽃이
그림자는 산란히 휘젓는데.
아이. 눈 꽉 감고 요대로 잠을 들자.

저 멀리 들리는 것!
봄철의 밀물소리
물나라의 영롱한 구중궁궐, 궁궐의 오요한 곳,
잠 못 드는 용녀의 춤과 노래, 봄철의 밀물소리.

어두운 가슴속의 구석구석…
환연한 거울 속에, 봄 구름 잠긴 곳에,
소솔비 내리며, 달무리 둘려라.
이대도록 왜 아니 오시나요. 왜 아니 오시나요.

몹쓸 꿈

봄 새벽의 몹쓸 꿈
깨고 나면!
우짖는 까막까치, 놀라는 소리,
너희들은 눈에 무엇이 보이느냐.

봄철의 좋은 새벽, 풀 이슬 맺혔어라.
볼지어다, 세월은 도무지 편안한데,
두 새 없는 저 까마귀, 새들게[1] 우짖는 저 까치야,
나의 흉한 꿈 보이느냐?

고요히 또 봄바람은 봄의 빈 들을 지나가며,
이윽고 동산에서는 꽃잎들이 흩어질 때,
말 들어라, 애틋한 이 여자야, 사랑의 때문에는
모두 다 사나운 조짐인 듯, 가슴을 뒤노아라[2].

---

1. 까불어대며.
2. 불안하게 흔들려라.

그를 꿈꾼 밤

야밤중, 불빛이 발갛게
어렴풋이 보여라.

들리는 듯, 마는 듯,
발자국 소리.
스러져 가는 발자국 소리.

아무리 혼자 누어 몸을 뒤재도[1]
잃어버린 잠은 다시 안 와라.

야밤중, 불빛이 발갛게
어렴풋이 보여라.

---

1. '뒤척여도'의 평안도 방언.

분粉얼굴

불빛에 떠오르는 새뽀얀 얼굴,
그 얼굴이 보내는 호젓한 냄새,
오고가는 입술의 주고받는 잔,
가느스름한 손길은 아른대어라.

거무스레하면서도 붉으스러한
어렴풋하면서도 다시 분명한
줄 그늘 위에 그대의 목소리,
달빛이 수풀 위를 떠 흐르는가.

그대하고 나하고 또는 그 계집
밤에 노는 세 사람, 밤의 세 사람,
다시금 술잔 위의 긴 봄밤은
소리도 없이 창 밖으로 새여 빠져라.

아내 몸

들고 나는 밀물에
배 떠나간 자리야 있으랴.
어질은 아내인 남의 몸인 그대요,
『아주, 엄마 엄마라고 불리우기 전에』

굴뚝이기에 연기가 나고
돌바우 아니기에 좀이 들어라.
젊으나 젊으신 청하늘인 그대요,
『착한 일 하신분네는 천당가옵시리라』

서울 밤

붉은 선등.
푸른 전등.
넓다란 거리면 푸른 전등.
막다른 골목이면 붉은 전등.
전등은 반짝입니다.
전등은 그무립니다.
전등은 또다시 어스럿합니다.
전등은 죽은듯한 긴 밤을 지킵니다.

나의 가슴의 속모를 곳의
어둡고 밝은 그 속에서도
붉은 전등이 흐드겨 웁니다.
푸른 전등이 흐드겨 웁니다.

붉은 전등.
푸른 전등.
머나먼 밤하늘은 새캄합니다.
머나먼 밤하늘은 새캄합니다.
서울 거리가 좋다고 해요.
서울 밤이 좋다고 해요.
붉은 전등.

푸른 전등.
나의 가슴의 속 모를 곳의
푸른 전등은 고적합니다.
붉은 전등은 고적합니다.

옛날

잃어진 ㄱ 옛날이 하도 그리워
무심히 저녁 하늘 쳐다봅니다.
실낱 같은 초순달 혼자 돌다가
고요히 꿈결처럼 스러집니다.

실낱 같은 초순달 하늘 돌다가
고요히 꿈결처럼 스러지길래
잃어진 그 옛날이 못내그리워
다시금 이내 맘은 한숨 쉽니다.

여자의 냄새

푸른 구름의 옷 입은 달의 냄새
붉은 구름의 옷 입은 해의 냄새
아니, 땀 냄새, 때 묻은 냄새
비에 맞아 추거운 살과 옷 냄새

푸른 바다… 어즐이는 배…
보드라운 그리운 어떤 목숨의
조그마한 푸릇한 그무러진 영령靈
어우러져 비끼는 살의 아우성…

다시는 장사葬事 지나간 숲속의 냄새
유령 실은 널뛰는 뱃간의 냄새
생고기의 바다의 냄새
늦은 봄의 하늘을 떠도는 냄새

모래 둔덕 바람은 그물 안개를 불고
먼 거리의 불빛은 달 저녁을 울어라
냄새 많은 그 몸이 좋습니다.
냄새 많은 그 몸이 좋습니다.

6
PART

반달

가을 아침에

아득한 퍼스렷한 하늘 아래서
회색의 지붕들은 번쩍거리며,
성깃한 섭나무[1]의 드문 수풀을
바람은 오다가다 울며 만날 때,
보일락 말락 하는 멧골에서는
안개가 어스러히 흘러 쌓여라.

아아 이는 찬비 온 새벽이러라.
냇물도 잎새 아래 얼어붙누나.
눈물에 쌓여 오는 모든 기억은
피 흘린 상처 조차 아직 새로운
가주난 아기같이 울며 서두는
내 영을 에워싸고 속살거려라.

『그대의 가슴속이 가볍던 날
그리운 그 한때는 언제였었노!』
아아 어루만지는 고운 그 소리
쓰라린 가슴에서 속살거리는,
미움도 부끄럼도 잊은 소리에,
끝없이 하염없이 나는 울어라.

1. '작은 나무'의 강원도 방언.

가을 저녁에

물은 희고 길구나, 하늘보다도.
구름은 붉구나, 해보다도.
서럽다, 높아가는 긴 들끝에
나는 떠돌며 울며 생각한다, 그대를.

그늘 깊어 오르는 발 앞으로
끝없이 나아가는 길은 앞으로.
키높은 나무 아래로, 물마을은
성깃한[1] 가지가지 새로 떠오른다.

그 누가 온다고 한 언약도 없건마는 !
기다려 볼 사람도 없건마는 !
나는 오히려 못물가를 싸고 떠돈다,
그 못물로는 놀이 잦을 때.

---

1. 간격이나 사이가 조금 벌어진.

만나려는 심사

저녁 해는 지고서 어스름의 길,
저 먼 산엔 어두워 잃어진 구름,
만나려는 심사는 웬 셈일까요?
그 사람이야 올 길 바이 없는데,
발길은 누구 마중을 가잔 말이냐.
하늘엔 달 오르며 우는 기러기.

깊이 믿던 심성

깊이 믿던 심성이 황량한 내 가슴 속에,
오고 가는 두서너 구우舊友를 보면서 하는 말이
이제는, 당신네들도 다 쓸데없구려!

꿈 2

꿈? 영靈의 헤적임. 설움의 고향.
울자, 내 사랑, 꽃 지고 저무는 봄.

님과 벗

벗은 실움에서 반갑고
님은 사랑에서 좋아라.
딸기꽃 피어서 향기로운 때를
고초의 붉은 열매 익어가는 밤을
그대여, 부르라, 나는 마시리.

지연紙鳶

오후의 네 길거리 해가 들었다,
시정市井의 첫 겨울의 적막함이여,
우둑히 문어귀에 혼자 섰으면,
흰 눈의 잎사귀, 지연이 뜬다.

오시는 눈

땅 위에 쌔하얗게 오시는 눈.
기다리는 날에는 오시는 눈.
오늘도 저 안 온 날 오시는 눈.
저녁불 켤 때마다 오시는 눈.

반달

희멀끔하여 떠돈다, 하늘 우에,
빛 죽은 반달이 언제 올랐구나!
바람은 나온다, 저녁은 춥구나,
흰 물가엔 뚜렷이 해가 드누나.

어둑컴컴한 풀 없는 들은
찬 안개 위에로 떠 흐른다.
아, 겨울은 깊었다, 내 몸에는,
가슴이 무너져 나려앉는 이 설움아!

가는 님은 가슴엣 사랑까지 없애고 가고
젊음은 늙음으로 바뀌어든다.
들가시나무의 밤드는[1] 검은 가지
잎새들만 저녁빛에 희그무레 꽃지듯 한다.

---

1. 밤이 깊어지는.

설움의 덩이

끓어잃아 올리는 향로의 향불.
내 가슴에 조그만 설움의 덩이.
초닷새 달 그늘에 빗물이 운다.
내 가슴에 조그만 설움의 덩이.

낙천

살기에 이러한 세상이라고
맘을 그렇게나 먹어야지,
살기에 이러한 세상이라고,
꽃 지고 잎 진 가지에 바람이 운다.

바람과 봄

봄에 부는 바람, 바람 부는 봄,
적은가지 흔들리는 부는 봄바람,
내 가슴 흔들리는 바람, 부는 봄,
봄이라 바람이라 이내 몸에는
꽃이라 술잔이라 하며 우노라.

눈

새하얀 흰 눈, 가비엽게 밟을 눈,
재 같아서 날릴 듯 꺼질 듯한 눈,
바람엔 흩어져도 불길에야 녹을 눈.
계집의 마음. 님의 마음.

깊고 깊은 언약

몹쓸은 꿈을 깨어 돌아누울 때,
봄이 와서 맷나물 돋아나올 때,
아름다운 젊은이 앞을 지날 때,
잊어버렸던 듯이 저도 모르게,
얼결에 생각나는『깊고 깊은 언약』.

붉은 조수

바람에 밀려드는 저 붉은 조수
저 붉은 조수가 밀려들 때마다
나는 저 바람 우에 올라서서
푸릇한 구름의 옷을 입고
불같은 저 해를 품에 안고
저 붉은 조수와 나는 함께
뛰놀고 싶구나, 저 붉은 조수와.

남의 나라 땅

돌아다 보이는 무쇠다리
얼결에 띄워 건너서서
숨 고르고 발 놓는 남의 나라 땅.

천리만리

말리지 못 할만치 몸부림하며
마치 천리만리나 가고도 싶은
맘이라고나 하여 볼까.
한줄기 쏜살같이 뻗은 이 길로
줄곧 치달아 올라가면
불붙는 산의, 불붙는 산의
연기는 한두 줄기 피어올라라.

생과 사

살았대나 죽었대나 같은 말을 가지고
사람은 살아서 늙어서야 죽나니,
그러하면 그 역시 그럴듯도 한 일을,
하필코 내 몸이라 그 무엇이 어째서
오늘도 산마루에 올라서서 우느냐.

어인漁人

헛된 줄 모르고나 살면 좋아도!
오늘도 저 너머 편 마을에서는
고기잡이 배 한척 길 떠났다고.
작년에도 바닷놀이 무서웠건만.

귀뚜라미

산바람 소리.
찬비 뜯는 소리.
그대가 세상 고락 말하는 날 밤에,
순막집[1] 불도 지고 귀뚜라미 울어라.

---

1. 주막집.

달빛

달빛은 밝고 귀뚜라미 울 때는
우두커니 시멋없이[1] 잡고 섰던 그대를
생각하는 밤이여, 오오 오늘밤
그대 찾아 데리고 서울로 가나?

---

1. 시름없이.

불운에 우는 그대여

불운에 우는 그대여, 나는 아노라
무엇이 그대의 불운을 지었는지도,
부는 바람에 날려,
밀물에 흘러,
굳어진 그대의 가슴 속도
모두 다 지나간 나의 일이면.
다시금 또 다시금
적황의 포말은 북고여라, 그대의 가슴속의
암청의 이끼여, 거칠은 바위
치는 물가의.

바다가 변하여 뽕나무밭 된다고

걷잡지 못할만한 나의 이 설음,
저무는 봄 저녁에 져가는 꽃잎,
져가는 꽃잎들은 나부끼어라.
예로부터 일러 오며 하는 말에도
바다가 변하여 뽕나무밭 된다고.
그러하다, 아름다운 청춘의 때의
있다던 온갖 것은 눈에 설고
다시금 낯모르게 되다니,
보아라, 그대여, 서럽지 않은가,
봄에도 삼월의 져가는 날에
붉은 피같이 쏟아져 나리는
저기 저 꽃잎들을, 저기 저 꽃잎들을.

황촉불

황촉불, 그저도 까맣게
스러져 가는 푸른 창을 기대고
소리조차 없는 흰 밤에,
나는 혼자 거울에 얼굴을 묻고
뜻 없이 생각 없이 들여다보노라.
나는 이르노니, 우리 사람들
첫날밤은 꿈속으로 보내고
죽음은 조는 동안에 와서,
별 좋은 일도 없이 스러지고 말어라.

맘에 있는 말이라고 다 할까 보냐

하소연하며 한숨을 지으며
세상을 괴로워 하는 사람들이여!
말을 나쁘지 않도록 좋게 꾸밈은
달라진 이 세상의 버릇이라고, 오오 그대들!
맘에 있는 말이라고 다 할까보냐.
두세 번 생각하라, 위선 그것이
저부터 밑지고 들어가는 장사일진댄.
사는 법이 근심은 못 같은다고,
남의 설움을 남은 몰라라.
말 마라, 세상, 세상 사람은
세상에 좋은 이름 좋은 말로써
한 사람을 속옷마저 벗긴 뒤에는
그를 네길거리에 세워 놓아라, 장승도 마찬가지.
이 무슨 일이냐, 그날로부터,
세상 사람들은 제각각 제 비위의 헐한 값으로
그의 몸값을 매기자고 덤벼들어라.
오오 그러면, 그대들은 이후에라도
하늘을 우러르라, 그저 혼자, 섧거나 괴롭거나.

훗길

어버이님네들이 외우는¹ 말이
딸과 아들을 기르기는
훗길을 보자는 심성이로라…
그러하다, 분명히 그네들도
두 어버이 틈에서 생겼어라.
그러나 그 무엇이냐, 우리 사람!
손들어 가르치던 먼 훗날에
그네들이 또다시 자라 커서
한결같이 외우는 말이
훗길을 두고 가자는 심성으로
아들딸을 늙도록 기르노라.

---

1. 늘 이야기하는.

부부

오오 안해여, 나의 사랑!
하늘이 묶어준 짝이라고
믿고 살음이 마땅치 아니한가.
아직 다시 그러랴, 안 그러랴?
이상하고 별나운 사람의 맘,
저 몰라라, 참인지, 거짓인지?
정분으로 얽은 딴 두 몸이라면.
서로 어그점인들 또 있으랴.
한평생이라도 반백년
못 사는 이 인생에!
연분의 긴 실이 그 무엇이랴?
나는 말하려노라, 아무려나,
죽어서도 한 곳에 묻히더라.

나의 집

들가에 떨어져 나가앉은 멧기슭의
넓은 바다의 물가 뒤에,
나는 지으리, 나의 집을,
다시금 큰길을 앞에다 두고.
길로 지나가는 그 사람들은
제가끔 떨어져서 혼자 가는 길.
하이얀 여울턱에 날은 저물 때.
나는 문간에 서서 기다리리.
새벽새가 울며 지새는 그늘로
세상은 희게 또는 고요하게,
번쩍이며 오는 아침부터,
지나가는 길손을 눈여겨보며,
그대인가고, 그대인가고.

새벽

낙엽이 발이 숨는 못물가에
우뚝우뚝한 나무 그림자
물빛조차 어슴프레히 떠오르는데,
나 혼자 섰노라, 아직도 아직도,
동녘 하늘은 어두운가.
천인天人에도 사랑 눈물, 구름 되어,
외로운 꿈의 베개, 흐렸는가
나의 님이여, 그러나 그러나
고히도 붉으스레 물질러 와라
하늘 밟고 저녁에 섰는 구름.
반달은 중천에 지새일 때.

구름

저기 저 구름을 잡아타면
붉게도 피로 물든 저 구름을,
밤이면 새캄한 저 구름을.
잡아타고 내 몸은 저 멀리로
구만리 긴 하늘을 날아 건너
그대 잠든 품속에 안기렸더니,
애스러라, 그리는 못한대서,
그대여, 들으라 비가 되어
저 구름이 그대한테로 내리거든,
생각하라, 밤저녁, 내 눈물을.

여름의 달밤

서늘하고 달 밝은 여름 밤이여
구름조차 희미한 여름 밤이여
그지없이 거룩한 하늘로써는
젊음의 붉은 이슬 젖어 내려라.

행복의 맘이 도는 높은 가지의
아슬아슬 그늘 잎새를
배불러 기어 도는 어린 벌레도
아아 모든 물결은 복 받았어라.

뻗어 뻗어 오르는 가시덩굴도
희미하게 흐르는 푸른 달빛이
기름 같은 연기에 멱감을러라.
아아 너무 좋아서 잠 못 들어라.

우긋한[1] 풀대들은 춤을 추면서
갈잎들은 그윽한 노래 부를 때.
오오 내려 흔드는 달빛 가운데
나타나는 영원을 말로 새겨라.

----

1. 제법 무성한.

자라는 물벼 이삭 벌에서 불고
마을로 온 슷듯이 오는 바람은
눅잣추는 향기를 두고 가는데
인가들은 잠들어 고요하여라.

하루 종일 일하신 아기 아버지
농부들도 편안히 잠들었어라.
영 기슭의 어득한 그늘 속에선
쇠스랑과 호미뿐 빛이 피어라.

이윽고 씩새리[2] 소리는
밤이 들어가면서 더욱 잦을 때
나락밭 가운데의 우물 물가에는
농녀農女의 그림자가 아직 있어라.

달빛은 그무리며 넓은 우주에
잃어졌다 나오는 푸른 별이요.
씩새리의 울음의 넘는 곡조요.
아아 기쁨 가득한 여름 밤이여.

---

2. '귀뚜라미'의 평안도 방언.

삼간집에 불붙는 젊은 목숨의
정열에 목맺히는 우리 청춘은
서늘한 여름 밤 잎새 아래의
희미한 달빛 속에 나부끼어라.

한때의 자랑 많은 우리들이여
농촌에서 지나는 여름보다도
여름의 달밤보다 더 좋은 것이
인간에 이 세상에 다시 있으랴.

조그만 괴로움도 내어버리고
고요한 가운데서 귀기울이며
흰 달의 금물결에 노를 저어라
푸른 밤의 하늘로 목을 놓아라.

아아 찬양하여라 좋은 한때를
흘러가는 목숨을 많은 행복을.
여름의 어스러한 달밤 속에서
꿈같은 즐거움의 눈물 흘러라.

오는 봄

봄날이 오리라고 생각하면서
쓸쓸한 긴 겨울을 지나보내라.
오늘 보니 백양의 뻗은 가지에
전에 없이 흰 새가 앉아 울어라.

그러나 눈이 깔린 두던[1] 밑에는
그늘이냐 안개냐 아지랑이냐.
마을들은 곳곳이 움직임 없이
저 편 하늘 아래서 평화롭건만.

새들께 지껄이는 까치의 무리.
바다를 바라보며 우는 가마귀.
어디로써 오는지 종경 소리는
젊은 아기 나가는 조곡弔曲일러라.

보라 때에 길손도 머뭇거리며
지향 없이 갈 발이 곳을 몰라라.
사무치는 눈물은 끝이 없어도
하늘을 쳐다보는 살음의 기쁨.

---

1. '언덕'의 평안도 방언.

저마다 외로움의 깊은 근심이
오도가도 못하는 망상거림에
오늘은 사람마다 님을 여이고
곳을 잡지 못하는 설움일러라.

오기를 기다리는 봄의 소리는
때로 여윈 손끝을 울릴지라도
수풀 밑에 서리운 머릿결들은
걸음 걸음 괴로이 발에 감겨라.

물마름

주으린 새무리는 마른 나무의
해지는 가지에서 재갈이던 때.
온종일 흐르던 물 그도 곤困하여
놀 지는 골짜기에 목이 메던 때.

그 누가 알았으랴 한쪽 구름도
걸려서 흐느끼는 외로운 영을
숨차게 올라서는 여윈 길손이
달고 쓴 맛이라면 다 겪은 줄을.

그곳이 어디드냐 남이장군이
말 먹여 물 찌었던 푸른 강물이
지금에 다시 흘러 뚝을 넘치는
천백 리 두만강이 예서 백십 리.

무산의 큰 고개가 예가 아니냐
누구나 예로부터 의를 위하여
싸우다 못 이기면 몸을 숨겨서
한때의 못난이가 되는 법이라.

그 누가 생각하랴 삼백년래에

참아 받지 다 못할 한과 모욕을
못 이겨 칼을 잡고 일어섰다가
인력의 다함에서 쓰러진 줄을.

부러진 대쪽으로 활을 메우고
녹 슬은 호미쇠로 칼을 별러서
도독된 삼천리에 북을 울리며
정의의 기旗를 들던 그 사람이여.

그 누가 기억하랴 다복동에서
피 물든 옷을 입고 외치던 일을
정주성 하룻밤의 지는 달빛에
애哀 그친 그 가슴이 숯기 된 줄을.

물 위의 뜬 마름에 아침 이슬을
불붙는 산마루에 피었던 꽃을
지금에 우러르며 나는 우노라
이루며 못 이룸에 박薄한 이름을.

우리 집

이바루[1]
외따로[2] 와 지나는 사람 없으니
밤 자고 가자 하며 나는 앉아라.

저 멀리, 하느편[3]에
배는 떠나 나가는
노래 들리며

눈물은
흘러나려라
스르르 내려 감는 눈에.

꿈에도 생시에도 눈에 선한 우리 집

또 저 산 넘어 넘어
구름은 가라.

---

1. '이 정도'의 평안도 사투리.
2. 혼자서.
3. 서쪽 방향.

들돌이

들꽃은 피어 흩어졌어라.

들풀은
들로 한 벌 가득히 자라 높았는데
뱀의 헐벗은 묵은 옷은
길 분전의 바람에 날아 돌아라.

저 보아, 곳곳이 모든 것은
번쩍이며 살아 있어라.
두 나래 펼쳐 떨며
소리개도 높이 떴어라.

때에 이내 몸
가다가 또다시 쉬기도 하며,
숨에 찬 내 가슴은
기쁨으로 채워져 사뭇 넘쳐라.

걸음은 다시금 또 더 앞으로…

바리운 몸

꿈에 울고 일어나
들에
나와라.

들에는 소슬비
머구리¹는 울어라.
들 그늘 어두운데

뒷짐 지고 땅 보며 머뭇거릴 때.

누가 반딧불 꾀어드는 수풀 속에서
간다 잘 살어라 하며, 노래 불러라.

---

1. '개구리'의 함경도 방언.

엄숙

나는 혼자 뫼 위에 올랐어라.
솟아 퍼지는 아침 햇볕에
풀잎도 번쩍이며
바람은 속삭여라.
그러나
아아 내 몸의 상처받은 맘이여
맘은 오히려 저리고 아픔에 고요히 떨려라
또 다시금 나는 이 한때에
사람에게 있는 엄숙을 모두 느끼면서.

바라건대는 우리에게 우리의 보섭 대일 땅이 있었더면

나는 꿈 꾸었노라, 동무들과 내가 가지런히
벌가의 하루 일을 다 마치고
석양에 마을로 돌아오는 꿈을,
즐거이, 꿈 가운데.

그러나 집 잃은 내 몸이여,
바라건대 우리에게 우리의 보섭[1] 대일 땅이 있었더면!
이처럼 떠돌으랴, 아침에 저물손[2]에
새라 새로운 탄식을 얻으면서.

동이랴, 남북이랴,
내 몸은 떠가나니, 볼지어다.
희망의 반짝임은, 별빛이 아득임은,
물결뿐 떠올라라, 가슴에 팔 다리에.

그러나 어쩌면 황송한 이 심정을! 날로 나날이 내 앞에
자칫 가늘은 길이 이어가라, 나는 나아가리라.
한 걸음, 또 한 걸음 보이는 산비탈엔
온 새벽 동무들, 저 저 혼자… 산경을 김 매이는.

---

1. 농기구, 쟁기의 일종.
2. 저녁 무렵.

밭고랑 위에서

우리 두 사람은
키 높이 가득 자란 보리밭, 밭고랑 위에 앉았어라.
일을 필畢하고 쉬는 동안의 기쁨이여.
지금 두 사람의 이야기에는 꽃이 필 때.

오오 빛나는 태양은 나려 쪼이며
새 무리들도 즐거운 노래, 노래 불러라.
오오 은혜여, 살아있는 몸에는 넘치는 은혜여,
모든 은근스러움이 우리의 맘속을 차지하여라.

세계의 끝은 어디? 자애의 하늘은 넓게도 덮였는데.
우리 두 사람은 일하며, 살아있어서,
하늘과 태양을 바라보아라, 날마다 날마다도,
새라새롭은 환희를 지어내며, 늘 같은 땅 위에서.

다시 한 번 활기 있게 웃고 나서, 우리 두 사람은
바람에 일리우는 보리밭 속으로
호미 들고 들어갔어라, 가즈런히 가즈런히,
걸어 나아가는 기쁨이어, 오오 생명의 향상이여.

저녁 때

마소의 무리와 사람들은 돌아들고, 적적히 빈 들에,
엉머구리[1] 소리 우거져라.
푸른 하늘은 더욱 낮추, 먼 산비탈길 어둔데
우뚝우뚝 드높은 나무, 잘 새도 깃들어라.

볼수록 넓은 벌의
물빛을 물끄러미 들여다보며
고개 수그리고 박은 듯이 홀로 서서
긴 한숨을 짓느냐, 왜 이다지 !

온 것을 아주 잊었으라, 깊은 밤 에서 함께
몸이 생각에 가비엽고, 맘이 더 높이 떠오를 때,
문득, 멀지 않은 갈숲 새로
별빛이 솟구어라.

---

1. 얼룩개구리.

합장

나들이. 단 두 몸이라. 밤 빛은 베여와라.
아, 이거 봐, 우거진 나무 아래로 달 들어라.
우리는 말하며 걸었어라, 바람은 부는 대로.

등불 빛에 거리는 헤적여라, 희미한 하느 편에
고이 밝은 그림자 아득이고
퍽도 가까인, 풀밭에서 이슬이 번쩍여라.

밤은 막 깊어, 사방은 고요한데,
이마즉, 말도 안하고, 더 안가고,
길가에 우뚝하니 눈감고 마주서서.

먼먼 산, 산 절의 절 종소리, 달빛은 지새어라.

묵념

이슥한 밤, 밤기운 서늘할 제
홀로 창턱에 걸어앉아, 두 다리 늘이우고,
첫 머구리 소리를 들어라.
애처롭게도, 그대는 먼첨 혼자서 잠드누나.

내 몸은 생각에 잠잠할 때. 희미한 수풀로써
촌가의 액막이 제 지내는 불빛은 새어오며,
이윽고, 비난수도 머구 소리와 함께 잦아져라.
가득히 차오는 내 심령은…… 하늘과 땅 사이에.

나는 무심히 일어 걸어 그대의 잠든 몸 위에 기대어라
움직임 다시없이, 만뢰는 구적[1]한데,
조요히 내려 비추는 별빛들이
내 몸을 이끌어라, 무한히 더 가깝게.

---

1. 밤이 깊어 고요하고 적적한 상태.

열락

어둡게 깊게 목메인 하늘.
꿈의 품속으로써 굴러나오는
애달피 잠 안 오는 유령의 눈결.
그림자 검은 개버드나무에
쏟아져 내리는 비의 줄기는
흐느껴 비끼는 주문의 소리.

시커먼 머리채 풀어헤치고
아우성하면서 가시는 따님.
헐벗은 벌레들은 꿈틀일 때,
흑혈黑血의 바다. 고목 동굴.

탁목조[1]의
쪼아리는 소리, 쪼아리는 소리.

---

1. 딱따구리.

무덤

그 누가 나를 헤내는[1] 부르는 소리
붉으스름한 언덕, 여기저기
돌무더기도 움직이며, 달빛에,
소리만 남은 노래 서리워 엉겨라,
옛 조상들의 기록을 묻어둔 그 곳!
나는 두루 찾노라, 그곳에서,
형적 없는 노래 흘러 펴져,
그림자 가득한 언덕으로 여기저기,
그 누구가 나를 헤내는 부르는 소리
부르는 소리, 부르는 소리,
내 넋을 잡아끌어 헤내는 부르는 소리.

---

1. 헤어나게 하는.

비난수 하는 맘

함께 하려노라, 비난수¹하는 나의 맘,
모든 것을 한 짐에 묶어 가지고 가기까지,
아침이면 이슬 맞은 바위의 붉은 줄로,
기어오르는 해를 바라다보며, 입을 벌리고.

떠돌아라, 비난수하는 맘이여, 갈매기같이,
다만 무덤뿐이 그늘을 어른이는 하늘 위를,
바닷가의 잃어버린 세상의 있다던 모든 것들은
차라리 내 몸이 죽어 가서 없어진 것만도 못하건만.

또는 비난수하는 나의 맘, 헐벗은 산 위에서,
떨어진 잎 타서 오르는, 냇내²의 한줄기로,
바람에 나부끼라 저녁은, 흩어진 거미줄의
밤에 매던 이슬은 곧 다시 떨어진다고 할지라도.

함께 하려 하노라, 오오 비난수하는 나의 맘이여,
있다가 없어지는 세상에는
오직 날과 날이 닭소리와 함께 달아나 버리며,
가까웁는, 오오 가까웁는 그대뿐이 내게 있거라!

---

1. 굿을 할 때 복을 빌며 기도하는 행위.
2. '연기'의 평안도 방언.

찬 저녁

퍼르스렷한 달은, 성황당의
군데군데 헐어진 담 모도리[1]에
우두히 걸리었고, 바위 위의
까마귀 한 쌍, 바람에 나래를 펴라.

엉기한 무덤들은 들먹거리며,
눈 녹아 황토 드러난 멧기슭의,
여기라, 거리 불빛도 떨어져 나와,
집 짓고 들었노라, 오오 가슴이여

세상은 무덤보다도 다시 멀고
눈물은 물보다 더 더움이 없어라.
오오 가슴이여, 모닥불 피어 오르는
내 한세상, 마당가의 가을도 갔어라.

그러나 나는, 오히려 나는
소리를 들어라, 눈석임물[2]이 씨거리는,
땅 위에 누워서, 밤마다 누워,
담 모도리에 걸린 달을 내가 또 봄으로.

---

1. '모서리'의 평안도 방언.
2. 눈이 녹으며 흐르는 물.

초혼

산산이 부서진 이름이여!
허공 중에 헤어진 이름이여
불러도 주인 없는 이름이여!
부르다가 내가 죽을 이름이여!

심중에 남아 있는 말 한마디는
끝끝내 마저 하지 못하였구나.
사랑하던 그 사람이여!
사랑하던 그 사람이여!

붉은 해는 서산 마루에 걸리었다.
사슴의 무리도 슬피 운다.
떨어져 나가 앉은 산 위에서
나는 그대의 이름을 부르노라.

설움에 겹도록 부르노라.
설움에 겹도록 부르노라.
부르는 소리는 비껴가지만
하늘과 땅 사이가 너무 넓구나.

선 채로 이 자리에 돌이 되어도

부르다가 내가 죽을 이름이여!
사랑하던 그 사람이여!
사랑하던 그 사람이여!

7
PART

진달래꽃

개여울의 노래

그대가 바람으로 생겨 났으면
달 돋는 개여울의 빈 들 속에서
내 옷의 앞자락을 불기나 하지.

우리가 굼벙이로 생겨 났으면
비오는 저녁 캄캄한 영 기슭의
미욱한 꿈이나 꾸어를 보지.

만일에 그대가 바다 낭끝¹의
벼랑에 돌로나 생겨 났더면
둘이 안고 떨어나지지.

만일에 나의 몸이 불귀신이면
그대의 가슴 속을 밤도와² 태워
둘이 함께 재 되어 스러지지.

---

1. 벼랑 끝.
2. 밤을 새워서.

길

어제도 하로밤
나그네 집에
가마귀 가왁가와 울며 새었소.

오늘은
또 몇 십리
어디로 갈까.

산으로 올라갈까
들로 갈까
오라는 곳이 없어 나는 못 가오.

말 마소, 내 집도
정주 곽산
차 가고 배 가는 곳이라오.

여보소, 공중에
저 기러기
공중엔 길 있어서 잘 가는가?

여보소, 공중에

저 기러기

열 십자 복판에 내가 섰소.

갈래 갈래 갈린 길

길이라도

내게 바이¹ 갈 길이 하나 없소.

개여울

당신은 무슨 일로
그리합니까?
홀로이 개여울에 주저앉아서

파릇한 풀포기가
돋아나오고
잔물은[1] 봄바람에 헤적일 때에

가도 아주 가지는
않노라시던
그러한 약속이 있었겠지요.

날마다 개여울에
나와 앉아서
하염없이 무엇을 생각합니다.

가도 아주 가지는
않노라심은
굳이 잊지 말라는 부탁인지요.

---

1. 잔잔하게 물든.

가는 길

그립다
말을 할까
하니 그리워

그냥 갈까
그래도
다시 더 한 번

저 산에도 가마귀, 들에 가마귀
서산에는 해 진다고
지저귑니다.

앞 강물 뒷 강물
흐르는 물은

어서 따라오라고 따라가자고
흘러도 연달아 흐릅디다려.

왕십리

비가 온다
오누나
오는 비는
올지라도 한 닷새 왔으면 좋지.

여드레 스무날엔
온다고 하고
초하루 삭망[1] 朔望이면 간다고 했지.
가도 가도 왕십리 비가 오네.

웬걸 저 새야
울려거든
왕십리 건너가서 울어나다고
비 맞아 나른해서 벌새가 운다.

천안에 삼거리 실버들도
촉촉히 젖어서 늘어졌다네.
비가 와도 한 닷새 왔으면 좋지.
구름도 산마루에 걸려서 운다.

---

1. 음력 초하루와 보름.

무심

시집 와서 삼 년
오는 봄은
거친 벌 난亂벌에 왔습니다.

거친 벌 난 벌에 피는 꽃은
졌다가도 피노라 이릅디다.
소식없이 기다린
이태 삼 년

바로 가던 앞 강이 간 봄부터
굽어 돌아 휘돌아 흐른다고
그러나 말 마소, 앞 여울의
물빛은 예대로 푸르렀소.

시집와서 삼 년
어느 때나
터진 개여울의 여울물은
거친 벌 난 벌에 흘렀습니다.

원앙침

바드득 이를 갈고
죽어 볼까요
창가에 아롱아롱
달이 비춘다.

눈물은 새우잠의
팔굽베개요
봄 꿩은 잠이 없어
밤에 와 운다.

두동달이 베개[1]는
어디 갔는고
언제는 둘이 자던 베갯머리에
죽자 사자 언약도 하여 보았지.

봄 메의 멧기슭에
우는 접동도
내 사랑 내 사랑
조히[2] 울 것다.

---

1. 부부가 함께 베는 긴 베개.
2. 조용히.

두동달이 베개는
어디 갔는고
창가에 아롱아롱
달이 비춘다.

산

산세도 오리나무
위에서 운다.
산새는 왜 우노, 시메산골
영 넘어 갈라고 그래서 울지.

눈은 내리네, 와서 덮이네.
오늘도 하룻길
칠팔십 리
돌아서서 육십 리는 가기도 했소.

불귀不歸, 불귀, 다시 불귀,
삼수갑산에 다시 불귀.
사나이 속이라 잊으련만,
십오 년 정분을 못 잊겠네.

산에는 오는 눈, 들에는 녹는 눈.
산새도 오리나무
위에서 운다.
삼수갑산 가는 길은 고개의 길.

춘향과 이도령

평양에 대동강은
우리 나라에
곱기로 으뜸가는 가람이지요.

삼천리 가다 가다 한가운데는
우뚝한 삼각산이
솟기도 했소.

그래 옳소 내 누님, 오오 누이님
우리 나라 섬기던 한 옛적에는
춘향과 이도령도 살았다지요.

이편에는 함양, 저편에 담양,
꿈에는 가끔가끔 산을 넘어
오작교 찾아 찾아가기도 했소.

그래 옳소 누이님 오오 내 누님
해 돋고 달 돋는 남원 땅에는
성춘향 아가씨가 살았다지요.

진달래꽃

나 보기가 역겨워
가실 때에는
말없이 고이 보내드리우리다.

영변에 약산
진달래꽃
아름 따다 가실 길에 뿌리우리다.

가시는 걸음 걸음
놓인 그 꽃을
사뿐히 즈려 밟고 가시옵소서.

나 보기가 역겨워
가실 때에는
죽어도 아니 눈물 흘리우리다.

삭주구성朔州龜城

물로 사흘 배 사흘
먼 삼천 리
더더구나 걸어 넘는 먼 삼천 리
삭주구성[1]은 산을 넘은 육천 리요.

물 맞아 함빡이 젖은 제비도
가다가 비에 걸려 오노랍니다.
저녁에는 높은 산
밤에 높은 산

삭주구성은 산 넘어
먼 육천 리
가끔가끔 꿈에는 사오천 리
가다오다 돌아오는 길이겠지요.

서로 떠난 몸이길래 몸이 그리워
님을 둔 곳이길래 곳이 그리워
못 보았소 새들도 집이 그리워
남북으로 오며가며 아니합디까.

---

1. 평안도의 행정구역, (돌아갈 수 없는 장소).

들 끝에 날아가는 나는 구름은
밤쯤은 어디 바로 가 있을텐고
삭주구성은 산 넘어
먼 육천 리.

널

성촌의 아가씨들
널 뛰노나
초파일 날이라고
널을 뛰지요

바람 불어요
바람이 분다고!
담 안에는 수양의 버드나무
채색줄 층층 그네 매지를 말아요

담 밖에는 수양의 늘어진 가지
늘어진 가지는
오오 누나!
휘젓이 늘어져서 그늘이 깊소.

좋다 봄날은
몸에 겹지
널 뛰는 성촌의 아가씨네들
널은 사랑의 버릇이라오.

접동새

접동
접동
아우래비[1] 접동

진두강 가람가에 살던 누나는
진두강 앞 마을에
와서 웁니다.

옛날 우리나라
먼 뒤쪽의
진두강 가람가에 살던 누나는
의붓어미 시샘에 죽었습니다

누나라고 불러 보랴
오오 불설워[2]
시샘에 몸이 죽은 우리 누나는
죽어서 접동새가 되었습니다.

---

1. 아홉 오래비.
2. 너무나 서러워.

아홉이나 남아 되는 오랍[3]동생을
죽어서도 못잊어 차마 못잊어
야삼경[4] 다 자는 밤이 깊으면
이 산 저 산 옮아가며 슬피 웁니다.

---

3. 오래비, 오라버니.
4. 한밤중.

집 생각

산에나 올라서서
바다를 보라.
사면四面에 백열 리, 창파 중에
객선만 둥둥…… 떠나간다.

명산대찰이 그 어디메냐
향안¹香案, 향합²香盒, 대그릇에,
석양이 산머리 넘어가고
사면에 백열 리, 물소리라

『젊어서 꽃 같은 오늘날로
금의錦衣로 환고향還故鄉하옵소서.』
객선만 둥둥… 떠나간다
사면에 백열 리, 나 어찌 갈까

까투리도 산 속에 새끼치고
타관만리에 와 있노라고
산 중만 바라보며 목메인다.
눈물이 앞을 가리운다고

---

1. 향로를 올려놓는 상.
2. 향을 담는 작은 그릇.

들에나 내려오면
처다 보라
해님과 달님이 넘나든 고개
구름만 첩첩…떠돌아간다.

산유화

산에는 꽃 피네
꽃이 피네
갈 봄 여름 없이
꽃이 피네.

산에
산에
피는 꽃은
저만치 혼자서 피어 있네.

산에서 우는 작은 새여
꽃이 좋아
산에서
사노라네.

산에는 꽃 지네
꽃이 지네
갈 봄 여름 없이
꽃이 지네.

꽃촉燭불 켜는 밤

꽃 촉 불 켜는 밤, 깊은 골방에 만나라.
아직 젊어 모를 몸, 그래도 그들은
해 달 같이 밝은 맘, 저저마다[1] 있노라.
그러나 사랑은 한두 번만 아니라, 그들은 모르고.

꽃 촉 불 켜는 밤, 어스레한 창 아래 만나라.
아직 앞길 모를 몸, 그래도 그들은
솔대 같이 굳은 맘, 저저마다 있노라.
그러나 세상은, 눈물날 일 많아라, 그들은 모르고.

1. '저마다'를 강조하는 말.

부귀공명

거울 들어 마주 온 내 얼굴을
좀더 미리부터 알았던들!
늙는 날 죽는 날을
사람은 다 모르고 사는 탓에,
오오 오직 이것이 참이라면,
그러나 내 세상이 어디인지?
지금부터 두 여덟 좋은 연광[1]年光
다시 와서 네게도 있을 말로
전보다 좀더 전보다 좀더
살음직이 살는지 모르련만.
거울 들어 마주 온 내 얼굴을
좀더 미리부터 알았던들 !

---

1. 광음, 세월.

추회追悔

나쁜 일까지라도 생의 노력,
그 사람은 선사善事도 하였어라
그러나 그것도 허사라고!
나 역시 알지마는, 우리들은
끝끝내 고개를 넘고 넘어
짐 싣고 닫던 말도 순막집의
허청[1]가 석양 손에
고요히 조으는 한때는 다 있나니,
고요히 조으는 한때는 다 있나니.

---

1. 헛간으로 쓰는 별채.

무신無信

그대가 돌이켜 물을 줄도 내가 아노라,
무엇이 무신함이 있더냐? 하고,
그러나 무엇하랴 오늘날은
야속히도 당장에 우리 눈으로
볼 수 없는 그것을, 물과 같이
흘러가서 없어진 맘이라고 하면.

검은 구름은 메기슭에서 어정거리며,
애처롭게도 우는 산의 사슴이
내 품에 속속들이 붙안기는 듯.
그러나 밀물도 쎄이고 밤은 어두워
닻 주었던 자리는 알 길이 없어라.
시정의 흥정 일은
외상으로 주고받기도 하건마는.

꿈길

물구슬의 봄 새벽 아득한 길
하늘이며 들 사이에 넓은 숲
젖은 향기 불긋한 잎 위의 길
실그물의 바람 비쳐 젖은 숲
나는 걸어가노라 이러한 길
밤저녁의 그늘진 그대의 꿈
흔들리는 다리 위 무지개 길
바람조차 가을 봄 걷히는 꿈

사노라면 사람은 죽는 것을

하루라도 몇 번씩 내 생각은
내가 무엇하려고 살려는지?
모르고 살았노라, 그런 말로
그러나 흐르는 저 냇물이
흘러가서 바다로 든댈진댄.
일로조차 그러면, 이 내 몸은
애쓴다고는 말부터 잊으리라.
사노라면 사람은 죽는 것을
그러나, 다시 내 몸,
봄빛의 불붙는 사태흙에
집짓는 저 개아미
나도 살려 하노라, 그와 같이
사는 날 그날까지
살음에 즐거워서,
사는 것이 사람의 본뜻이면
오오 그러면 내 몸에는
다시는 애쓸 일도 더 없어라
사노라면 사람은 죽는 것을.

하다 못해 죽어 달려가 올라

아주 나는 바랄 것 더 없노라
빛이랴 허공이랴,
소리만 남은 내 노래를
바람에나 띄워서 보낼밖에.
하다못해 죽어 달려가 올라
좀더 높은 데서나 보았으면!

한세상 다 살아도
살은 뒤 없을 것을,
내가 다 아노라 지금까지
살아서 이만큼 자랐으니.
예전에 지나 본 모든 일을
살았다고 이를 수 있을진댄!

물가의 닳아져 널린 굴꺼풀에
붉은 가시덤불 뻗어 늙고
어득어득 저문 날을
비바람에 울지는 돌무더기
하다못해 죽어 달려가 올라
밤의 고요한 때라도 지켰으면!

희망

날은 저물고 눈이 나려라
낯 설은 물가으로 내가 왔을 때
산 속의 올빼미 울고 울며
떨어진 잎들은 눈 아래로 깔려라.

아아 숙살肅殺[1]스러운 풍경이여
지혜의 눈물을 내가 얻을 때!
이제금 알기는 알았건마는!
이 세상 모든 것을
한갓 아름다운 눈어림의
그림자뿐인 줄을.

이울어[2] 향기 깊은 가을밤에
우무주러진 나무 그림자
바람과 비가 우는 낙엽 위에.

---

1. 가을의 쌀쌀함이 풀이나 나무를 말려 죽임.
2. 점점 시들어.

전망

부영한 하늘, 날도 채 밝지 않았는데,
흰눈이 우멍구멍 쌓인 새벽,
저 남南편 물가 위에
이상한 구름은 층층대 떠올라라.

마을 아기는
무리 지어 서제로 올라들 가고,
시집살이하는 젊은이들은
가끔가끔 우물길 나들어라.

소삭蕭索¹한 난간 위를 거닐으며
내가 볼 때 온 아침, 내 가슴의,
좁혀 옮긴 그림장이 한 옆을,
한갓 더운 눈물로 어룽지게.

어깨 위에 총 매인 사냥바치
반백의 머리털에 바람 불며

한번 달음박질. 올 길 다 왔어라.
흰눈이 만산편야에 쌓인 아침.

---

1. 오래 써서 거의 닳아 없어짐.

나는 세상모르고 살았노라

가고 오지 못한다는 말을
철없던 내 귀로 들었노라.
만수산을 나서서
옛날에 갈라선 그 내 님도
오늘날 뵈올 수 있었으면.

나는 세상 모르고 살았노라,
고락에 겨운 입술로는
같은 말도 조금 더 영리하게
말하게도 지금은 되었건만.
오히려 세상 모르고 살았으면!

돌아서면 무심타는 말이
그 무슨 뜻인 줄을 알았스랴.
제석산 붙는 불은 옛날에 갈라선 그 내 님의
무덤에 풀이라도 태웠으면!

PART

엄마야 누나야

금잔디

잔디
잔디
금잔디
심심산천에 붙은 불은
가신 임 무덤가에 금잔디
봄이 왔네, 봄빛이 왔네.
버드나무 끝에도 실가지에
봄빛이 왔네, 봄날이 왔네.
심심산천에도 금잔디에.

강촌

날 저물고 돋는 달에
흰 물은 쏼쏼…
금모래 반짝…
청노새 몰고 가는 낭군!
여기는 강촌
강촌에 내 몸은 홀로 사네.
말하자면, 나도 나도
늦은 봄 오늘이 다 진盡토록
백년처권[1]百年妻眷을 울고 가네.
길쎄[2] 저문 나는 선비,
당신은 강촌에 홀로된 몸.

---

1. 아내와 내 친족.
2. '글쎄'의 평안도 방언.

첫 치마

봄은 가나니 저문 날에,
꽃은 지나니 저문 봄에,
속없이 우나니 지는 꽃을,
속없이 느끼나니 가는 봄을.
꽃 지고 잎진 가지를 잡고
미친 듯 우나니, 집난이[1]는
해 다 지고 저문 봄에
허리에도 감은 첫 치마를
눈물로 함빡히 쥐어짜며
속없이 우노나 지는 꽃을,
속없이 느끼노라 가는 봄을.

---

1. 시집간 딸

달맞이

정월 대보름날 달맞이,
달맞이 달마중을, 가자고!
새라 새 옷은 갈아입고도
가슴엔 묵은 설움 그대로,
달맞이 달마중을, 가자고!
달마중 가자고 이웃집들!
산 위에 수면에 달 솟을 때,
돌아들 가자고, 이웃집들!
모작별[1] 삼성이 떨어질 때.
달맞이 달마중을 가자고!
다니던 옛동무 무덤가에
정월 대보름날 달맞이!

---

1. 초저녁 서쪽 하늘의 금성, 또는 샛별.

닭은 꼬꾸요

닭은 꼬꾸요, 꼬꾸요 울 제,
헛잡으니 두 팔은 밀려났네.
애도 타리만치 기나긴 밤은…
꿈 깨친 뒤엔 감도록 잠 아니 오네.

위에는 청초 언덕, 곳은 깁섬[1],
엊저녁 대인 남포 뱃간.
몸을 잡고 뒤재며 누웠으면
솜솜하게도[2] 감도록 그리워 오네.

아무리 보아도
밝은 등불, 어스렷한데.
감으면 눈 속엔 흰 모래밭,
모래에 어린 안개는 물위에 슬 제

대동강 뱃나루에 해 돋아 오네.

---

1. 평양 대동강의 능라도.
2. 눈에 보이듯 또렷하게도.

엄마야 누나야

엄마야 누나야, 강변 살자.
뜰에는 반짝이는 금모래 빛
뒷문 밖에는 갈잎의 노래
엄마야 누나야, 강변 살자.

가는 봄 삼월

가는 봄 삼월 삼월은 삼질[1]
강남 제비도 안 잊고 왔는데.
아무렴은요
섧게 이 때는
못 잊어 그리워.
잊으시기야 했으랴, 하마 어느새
님 부르는 꾀꼬리 소리.
울고 싶은 바람은 점도록[2] 부는데
설리도 이 때는
가는 봄 삼월 삼월은 삼질.

---

1. 삼짇날, 음력 3월 초사흘.
2. 미안한 마음이 들도록.

가막덤불

산에 가시나무
가막덤불은
덤불덤불 산마루로
벋어 올랐소.

산에는 가려해도
가지 못하고
바로 말로
집도 있는 내 몸이라오.

길에는 혼잣몸의
홑옷 자락은
하룻밤 눈물에는
젖기도 했소.

산에는 가시나무
가막덤불은
덤불덤불 산마루로
벋어 올랐소.

가을

물은 희고 길구나, 하늘보다도.
구름은 붉구나, 해보다도.
서럽다, 높아 가는 긴 들 끝에
나는 떠돌며 울며 생각한다, 그대를.

그늘 깊이 오르는 발 앞으로
끝없이 나아가는 길은 앞으로.
키 높은 나무 아래로, 물 마을은
성긋한 가지가지 새로 떠오른다.

그 누가 온다고 한 언약도 없건마는!
기다려 볼 사람도 없건마는!
나는 오히려 못 물가를 싸고 떠돈다.
그 못물로는 놀이 잦을 때.

거친 풀 흐트러진 모래동으로

거친 풀 흐트러진 모래동으로
말없이 걸어가며 노래는 청령[1],

들꽃 풀 보드라운 향기 맡으면
어린 적 놀던 동무 새 그리운 맘

길다란 쑥대 끝을 삼각에 메워
거미줄 감아들고 청령을 쫓던,

늘 함께 이 동 위에 이 풀숲에서
놀던 그 동무들은 어디로 갔노!

어린 적 내 놀이터 이 동마루[2]는
지금 내 흩어진 벗생각의 나라.

먼 바다 바라보며 우득히 서서
나 지금 청령 따라 왜 가지 않노.

1. 잠자리.
2. 돌이나 흙 따위로 쌓은 작은 언덕.

건강한 잠

상냥한 태양이 씻은듯한 얼굴로
산속의 고요한 거리 위를 쏜다.
봄 아침 자리에서 갓 일어난 몸에
홑것을 걸치고 들에 나가 거닐면
산뜻이 살에 숨는 바람이 좋기도 하다.
뾰죽뾰죽한 풀 엄을
밟는가봐, 저어
발도 사분히 가려 놓을 때
과거의 십 년 기억은 머리 속에 선명하고
오늘날의 보람 많은 계획이 확실히 선다.
마음과 몸이 아울러 유쾌한 간밤의 잠이여.

고독

설움의 바닷가의
모래밭이라
침묵의 하루 해만 또 저물었네.

탄식의 바닷가의
모래밭이니
꼭 같은 열두 시만 늘 저무누나.

바잽의 모래밭에 돋는 봄풀은
매일 붓는 범불에 터도 나타나
설움의 바닷가의
모래밭은요
봄 와도 봄 온줄을 모른다더라.

이즘의 바닷가의 모래밭이면
오늘도 지는 해니 어서 져다오.

아쉬움의 바닷가 모래밭이니
뚝 씻는 물소리가 들려나다오.

고적한 날

당신 님의 편지를
받은 그날로
서러운 풍설이 돌았습니다.

물에 던져달라고 하신 그 뜻은
언제나 꿈꾸며 생각하라는
그 말씀인 줄 압니다.

흘려 쓰신 글씨나마
언문 글자로
눈물이라고 적어 보내셨지요.

물에 던져달라고 하신 그 뜻은
뜨거운 눈물 방울방울 흘리며,
마음 곱게 읽어달라는 말씀이지요.

고향

짐승은 모르나니 고향이나마
사람은 못 잊는 것 고향입니다.
생시에는 생각도 아니하던 것
잠들면 어느덧 고향입니다.

조상님 뼈 가서 묻힌 곳이라
송아지 동무들과 놀던 곳이라
그래서 그런지도 모르지마는
아, 꿈에서는 항상 고향입니다.

봄이면 곳곳이 산새 소리
진달래 화초 만발하고
가을이면 골짜구니 물드는 단풍
흐르는 샘물 위에 떠내린다.

바라보면 하늘과 바닷물과
차 차 차 마주 붙어 가는 곳에
고기잡이 배 돛 그림자
어기엇차 디엇차 소리 들리는 듯.

떠도는 몸이거든
고향이 탓이 되어
부모님 기억, 동생들 생각
꿈에라도 항상 그곳서 뵈옵니다.

고향이 마음속에 있습니까
마음속에 고향도 있습니다.
제 넋이 고향에 있습니까
고향에도 제 넋이 있습니다.

물결에 떠내려 간 부평줄기
자리잡을 새도 없네
제 자리로 돌아갈 날 있으랴마는
괴로운 바다 이 세상의 사람인지라 돌아가리

고향을 잊었노라 하는 사람들
나를 버린 고향이라 하는 사람들
죽어서만 천애일방[1] 헤매지 말고
넋이라도 있거들랑 고향으로 네 가거라.

1. 하늘의 끝, 아득하게 멀리 떨어진 낯선 곳.

공원의 밤

백양가지에 우는 접동은 깊은 밤의 못물에
어렷하기도 하며 아득하기도 하여라.
어둡게 또는 소리없이 가늘게
줄줄의 버드나무에서는 비가 쌓일 때.

푸른 하늘은 고요히 내려 갈리던 그 보드러운 눈결!
이제, 검은 내는 떠돌아오라 비구름이 되어라.
아아 나는 우노라 그 옛적의 내 사람!

낭인의 봄

휘둘리 산을 넘고, 굽어진 물을 건너,
푸른 풀 붉은 꽃에 길 걷기 시름이여.

잎 누른 시닥나무, 철 이른 푸른 버들,
해 벌써 석양인데 불숫는 바람이여.

골짜기 이는 연기 뫼 틈에 잠기는데,
산마루 도는 손의 슬지는 그림자여.

산길가의 외론 주막, 에이그 쓸쓸한데.
먼저 든 짐장사의 곤한 말 한 소리여.

지는 해 그림지니, 오늘은 어데까지,
어둔 뒤 아무데나, 가다가 묵을레라.

풀숲에 물김 뜨고, 달빛에 새 노래는,
고운 밤 야반에도 내 사람 생각이여.

기분전환

땀, 땀, 여름볕에 땀 흘리며
호미 들고 밭고랑 타고 있어도,
어디선지 종달새 울어만 온다,
헌출한[1] 하늘이 보입니다요, 보입니다요.

사랑, 사랑, 사랑에, 어스름을 맞은 님
오나 오나 하면서, 젊은 밤을 한소시 조바심할 때,
밟고 섰는 다리 아래 흐르는 강물 !
강물에 새벽빛이 어립니다요, 어립니다요.

---

1. 보기 좋을 정도로 적당히 큰.

흘러가는 물이라 맘이 물이면

옛날에 곱던 그대 나를 향하여
귀엽은 그 잘못을 이르렀느냐.
모두 다 지어 묻은 나의 지금은
그대를 불신不信 망정 다 잊었노라.
흘러가는 물이라 맘이 물이면
당연히 이미 잊고 바렸을러라.
그러나 그 당시에 나는 얼마나
앉았다 일어섰다 설워 울었노
그 연갑年甲의 젊은이 길에 어려도
뜬눈으로 새벽을 잠에 달려도
남들은 좋은 운수 가끔 볼 때도
얼없이[1] 오다 가다 멈칫 섰어도.
자네의 차부[2] 없는 복도 빌며
덧없는 삶이라 쓴 세상이라
슬퍼도 하였지만 맘이 물이라
저절로 차츰 잊고 말았었노라.

---

1. 정신없이.
2. '채비'의 평안도 방언.

바닷가의 밤

한줌만 가느다란 좋은 허리는
품 안에 차츰차츰 졸아들 때는
지새는 겨울 새벽 춥게 든 잠이
어렴풋 깨일 때다 둘도 다 같이
사랑의 말로 못할 깊은 불안에
또 한 끝 후줄군한 옅은 몽상에
바람은 쌔우친다 때에 바닷가
무서운 물소리는 잦 일어온다.
엉킨 여덟 팔다리 걷어 채우며
산뜩히 서려오는 머리칼이여.

사랑은 달콤하지 쓰고도 맵지
햇가는 쓸쓸하고 밤은 어둡지
한밤의 만난 우리 다 마찬가지
너는 꿈의 어머니 나는 아버지
일시 일시 만났다 나뉘어 가는
곳 없는 몸 되기도 서로 같거든
아아아 허수롭다 살음은 말로.
아, 이봐 그만 일자 창이 희었다.
슬픈 날은 도적같이 달려들었다.

기회

강 위에 다리는 놓였던 것을!
건너가지 않고서 바재는[1] 동안
때의 거친 물결은 볼 새도 없이
다리를 무너치고 흘렀습니다.

먼저 건넌 당신이 어서 오라고
그만큼 부르실 때 왜 못 갔던가!
당신과 나는 그만 이편 저편서,
때때로 울며 바랄 뿐입니다려.

---

1. 짧은 거리를 오가며 머뭇거리는.

나무리벌 노래

신재령에도 나무리벌[1]
물도 많고
땅 좋은 곳
만주 봉천은 못 살 고장

왜 왔느냐
왜 왔느냐
자곡자곡이 피땀이라
고향산천이 어디메냐

황해도
신재령
나무리벌
두 몸이 김매며 살았지요

올 벼 논에 닿은 물은
출렁출렁
벼 자랐나
신재령에도 나무리벌

---

1. 황해도 재령평야.

340

등불과 마주 앉았으려면

적적히
다만 밝은 등불과 마주 앉았으려면
아무 생각도 없이 그저 울고만 싶습니다.
왜 그런지야 알 사람이 없겠습니다마는,

어두운 밤에 홀로히 누웠으려면
아무 생각도 없이 그저 울고만 싶습니다.
왜 그런지야 알 사람이 없겠습니다마는,
탓을 하자면 무엇이라 말할 수는 있겠습니다마는.

박넝쿨 타령

박넝쿨이 에헤이요 뻗을 적만 같아선
온 세상을 얼사쿠나 다뒤덮을 것 같더니
하드니만 에헤이요 에헤이요 에헤야
초가집 삼문을 못 덮었네, 에헤이요 못 덮었네.

복송아꽃이 에헤이요 피일 적만 같아선
봄 동산을 얼사쿠나 도맡아 놀 것 같더니
하드니만 에헤이요 에헤이요 에헤야
나비 한마리도 못 붙잡데, 에헤이요 못 붙잡데.

박넝쿨이 에헤이요 뻗을 적만 같아선
가을 올 줄을 얼사쿠나 아는 이가 적드니
얼사쿠나 에헤이요 하룻밤 서리에 에헤이요
잎도 줄기도 노그라 붙은 둥근 박만 달렸네.

세모감歲暮感

금년도 한 해는 어디 갔노
두는 데 없건만 가는 세월

온다는 새해는 어디 오노
값없이 덧없이 나이 한 살.

걷는 길 같으면 돌아가리,
걸을 길 같으면 쉬어가리,

깨었을 말로는 자도보리,
꿈이라고 하면 깨어보리,

모르는 글자는 아니지만
감았던 마음만 이즈러지네.

못 먹는 술이나 아니언만
간다사 원마다 술값 있네.

옷과 밥과 자유

공중에 떠다니는
저기 저 새여
네 몸에는 털 있고 깃이 있지.

밭에는 밭곡식
논에는 물벼
눌하게 익어서 수그러졌네.

초산楚山 지나 적유령
넘어선다.
짐 실은 저 나귀는 너 왜 넘니?

자전거

밤에는 밤마다
자리를 펴고
누워서 당신을 그리워하고.

잘근잘근 이불깃
깨물어 가며
누워서 당신을 그리워하고.

다 말고 후닥닥
떨치고 나자
금시로[1] 가보고 말 노릇이지.

가보고 말아도 좋으련만
여보 당신도 생각을 하우
가자 가자 못 가는 몸이라우.

내일 모레는
일요일
일요일은 노는 날.

---

1. 지금 당장.

노는 날 닥치면
두루 두루루
자전거 타고서 가리다.

뒷산의 솔숲에
우는 새도
당신의 집 뒷문 새라지요.

새소리 뻐꾹
뻐꾹 뻐꾹
여기서 뻐꾹 저기서 뻐꾹.

낮에는 갔다가
밤에는 와 울면
당신이 날 그리는 소리라지요.

내일 모레는 일요일
두루두루 두루루
자전거 타고서 가리다.

절제

튼튼한 몸이라고 몹시 쓸 줄 또 있으랴
쓸레야 안 쓰랴만 부질없이 안 쓸 것이
늘 써야 하는 이 몸이 한평생인가 합니다.

물보다 무흠튼[1] 몸 진흙 외려 탓이 없다.
불보다 밝는지 해거멍만도 못하여라
바람같이 활발턴 기개 망두석[2] 부끄러 합니다.

자는 잠, 잠 아니라 귀신 사람 그새외다,
먹는 밥, 밥 아니라 흙을 씹는 맛이외다,
게다가 하는 생각이라고 먹물인 듯합니다.

죽자면 모르지만 명 아닌데 죽을 것가
살자면 사는 동안 몸부터 튼튼코야
튼튼치 못한 몸을 튼튼히 쓰랴 합니다.

질기다면 질긴 것이 사람 몸엔 위 없으리.
하다가 마구 쓰면 질긴 것은 어디 있노
하여튼 방금에 괴로운 몸을 서러합니다.

---

1. 흠이 없는.
2. 무덤 앞 양쪽에 세우는 한 쌍의 돌기둥.

1902년	본명은 정식(廷湜). 평북 정주 외가에서 부친 김성도와 모친 장경숙 사이의 장남으로 출생.
1905년	부친이 철도를 부설하던 일본인들에게 폭행을 당하는 사건이 발생함. 이 사건으로 광산업을 하던 할아버지의 훈도를 받고 성장.
1909년	남산 소학교에 입학. 머리가 총명하여 신동이라 불렸으며 이미 글쓰기에 능숙했다는 평가를 받음
1915년	남산 소학교를 졸업하고 3년 정도 고향에 머뭄.
1916년	할아버지의 지시로 홍단실과 결혼. (연보에 따라서는 1917년에 결혼한 것으로 기록하기도 함)
1917년	오산학교 중학부에 입학. 남강 이승훈이 설립한 이 학교의 교장은 조만식이었으며, 그 영향으로 민족 의식에 눈뜸. 스승 안서를 만나 본격적인 문학수업을 받음. 초기 시 중 상당수는 오산학교 시절에 창작된 것이는 것이 정설.

1919년	3.1 운동이 발발하자 이에 적극 참여함. 3.1운동의 여파로 오산학교가 일시 폐교되어 학업을 중단.
1920년	'낭인의 봄' 야의 우적', '그리워'(창조 2호.)로 문단에 데뷔. '먼 후일', '만나려는 심사'(학생계. 7월호)
1922년	배재고등보통학교 5학년에 편입. '금잔디', '엄마야 누나야', '밤 제물포에서', '새벽', '진달래꽃', '개여울', '강촌', '먼 후일', '님과 벗' 소설 '함박눈'
1923년	배재고등보통학교 졸업. 동경상대에 유학하기 위해 도일하지만 관동대지진으로 일시 귀국함. 학업을 중단한 채 서울에 머물면서 안서, 나도향과 교류. 김동인, 임장화 등과 함께 「영대靈臺」 동인으로 활동. 시 '님의 노래', '옛이야기', '못잊도록 생각나겠지요', '예전엔 미처 몰랐어요', '해가 산마루에 저물어도', '자나깨나 앉으나서나'
1924년	동아일보 지국 개설을 약속받고 귀향. 처가인 구성군 서산면 평지동으로 이사, 장남 준호 출생.

'밭고랑 위에서', '생과 사', '나무리벌 노래', '이요'

1925년   시집 「진달래꽃」(매문사) 간행.
'옷과 밥과 자유', '남의 나라땅', '천리만리', '꽃촉불 켜는 밤', '옛님을 따라가다가 꿈깨어 탄식함이라', '물마름', '들도리'
시론 '시혼'(개벽」5호)

1927년   나도향의 요절로 충격을 받고 시작(詩作) 중단. 땅을 팔아 운영한 동아일보 지국 경영 실패.
'팔벼개 노래'

1934년   정주 곽산에서 부인과 함께 취하도록 술을 마신 이튿날 음독 자살한 모습으로 발견.
'생과 돈과 사', '돈타령' '고락', '삼수갑산' '건강한 잠', '상쾌한 아침'
1939년에 「여성」지에 '박넝쿨타령'(6월호), '술'(7월호), '술과 밥'(11월호)이 발표됨.

1981년   예술부분 최고 훈장인 대한민국 금관문화훈장 추서.